Titelsong der HelleWecKs

Diese Kombination ist nicht nur neu, sondern auch ungewöhnlich: Auf einer eigens zum Buch produzierten CD singen Popstar Thomas Anders und das Rapsoul-Trio Sistanova den Titelsong Ziele.

 Handwerkskammer Koblenz

Stefan Gemmel

Sind die HelleWecKs noch zu retten?

mit Illustrationen von Kati Vogt

edition zweihorn

Schule. Handwerk. Zukunft.
Eine Aktion der Handwerkskammern, des Ministeriums für Wirtschaft,
Verkehr, Landwirtschaft und Weinbau und der Investitions- und
Strukturbank Rheinland-Pfalz im Rahmen der Kampagne
Morgen Meister!

Herausgeber:
Handwerkskammer Koblenz
D-56068 Koblenz, Friedrich-Ebert-Ring 33
Tel: +49 (0) 261 3980, Fax: +49 (0) 261 398398
E-Mail: hellewecks@hwk-koblenz.de
Internet: www.hellewecks.de

Copyright © 2008 Handwerkskammer Koblenz
Projektkoordination HelleWecKs:
Mareile Wilbert, Handwerkskammer Koblenz
Umschlaggestaltung und Illustrationen: Kati Vogt, Gondershausen

ISBN-13: 978-3-935265-80-5
ISBN-10: 3-935265-80-8
Dieses Werk ist urheberrechtlich geschützt.
© Handwerkskammer Koblenz 2008

Verlag:
edition zweihorn, Gerhard Kälberer
D-94089 Neureichenau, Riedelsbach 46
Tel: +49 (0) 8583 2454, Fax: +49 (0) 8583 91435
E-Mail: edition-zweihorn@web.de
Internet: www.edition-zweihorn.de

Sind die HelleWecKs noch zu retten?

Inhalt

HelleWecKs in Aufregung — 5

Auftrag für zwei HelleWecKs — 18

Neue Freunde — 22

Die Vereinbarung mit dem Meister — 34

Waldspuren zu einer ungeheuerlichen Entdeckung — 44

Ein Geheimnis – ins Ohr geflüstert — 51

Rundherum kunterbunt — 59

Keine Grenzen – alles ist möglich — 67

Ein Geheimnis wird gelüftet — 75

Riesenüberraschungen — 82

Vorwort

Liebe Kinder,

spannende Abenteuer erwarten euch, wenn ihr Schräubchen und Rädchen in der geheimnisvollen und fantastischen Welt der HelleWecKs, im Wald der Hundert Wasser gelegen, besucht.

Dort lernt ihr nicht nur die Sorgen und Nöte der kleinen Waldwesen kennen, ihr spürt auch sehr schnell, dass es sich lohnt und sehr zufrieden macht, wenn man anderen mit Rat und Tat helfen kann. Das gelingt Leon und Lena, den beiden Menschenkindern, deswegen so vorzüglich, weil sie großes handwerkliches Interesse haben und auch Erwachsene kennen, die gerne ihre „Handwerker-Kniffe" dort einsetzen, wo sie die HelleWecKs unterstützen können.

Zusammen mit Leon, Lena und den HelleWecKs erlebt ihr gleichzeitig Vielfalt und Nutzen ganz unterschiedlicher Handwerksberufe. Ihr lernt verstehen, worauf es bei ihnen ankommt und wie wichtig sie für andere sind.

Euer Ausflug in die Welt der HelleWecKs lädt aber auch ein zum Miterleben, Mitfühlen und Nachdenken, zum Träumen und Handeln. Also ein sehr lohnender Ausflug. Er beweist: Bücherlesen öffnet Türen in andere Welten, die man noch nicht kennt.

Ich wünsche euch viel Freude mit dieser spannenden Abenteuergeschichte.

Doris Ahnen
Ministerin für Bildung, Wissenschaft, Jugend und Kultur
Rheinland-Pfalz

HelleWecKs in Aufregung

BUMM!
Wie ein Donner hallte es durch den ganzen Wald. Kurz darauf waren hoch über den Bäumen Funken zu sehen, hell wie Sterne, die sofort wieder verblassten.
Dann war alles still.
Stiller als vorher. Die Vögel waren verstummt, sogar der Wind hatte sich gelegt.
Stille.
„Was war denn das?" Das Mädchen schaute sich um. Es konnte sich nicht erklären, was gerade geschehen war. Sein Blick fiel auf seinen Bruder, der ebenfalls überrascht um sich blickte.
In diesem Moment vernahmen sie ein weiteres Geräusch. Es raschelte dicht hinter ihnen. Dann folgte ein Schnaufen und wieder dieses Rascheln.
Die beiden Geschwister fassten sich zitternd an den Händen und wandten sich langsam um. Wieder ertönte dieses eigenartige Schnaufen.
Das Mädchen nahm all seinen Mut zusammen, drückte einen Zweig zur Seite, blickte durch die Lücke und erstarrte. Wie konnte das sein? Es sah sich selbst. Es schaute in sein eigenes Gesicht. Es erblickte seine runde Stupsnase, die winzige Radmutter, die seinen Zopf hielt, und die gelben Haare, wie sie alle HelleWecKs trugen.
„Aber wieso kann ich mich denn …?"
In diesem Moment wurde das Spiegelbild verdeckt. Das HelleWecKs-Mädchen konnte gerade noch erkennen, dass es sich nicht um einen Spiegel handelte, sondern um ein riesiges Auge, in dem es sich gesehen hatte.

Noch einmal war das Schnaufen zu vernehmen und in diesem Moment verstand es!

„Lauf!", schrie es seinem Bruder noch zu, dann wandte es sich ruckartig um und hastete davon, so schnell seine kleinen Beine es tragen konnten.

„Lauf!", wiederholte es, doch das war nicht nötig. Sein Bruder flüchtete bereits an seiner Seite.

„Das ist ... das ist ein ... ein riesiges ..."

Schon kam das Wildschwein aus seinem Versteck hervorgesprungen. Es stellte sich breitbeinig hin, schnaufte noch einmal vernehmlich und ließ seine großen Augen wild rollen.

Die HelleWecKs-Geschwister liefen um ihr Leben. Gegen dieses riesige Tier mit seinen Fangzähnen und seinem wütenden Blick hatten die kleinen Waldbewohner keine Chance.

Gerade blickte sich das Mädchen um und erkannte mit Entsetzen, dass das Wildschwein in diesem Moment losrannte und rasend schnell aufholte, als sein Bruder seine rechte Hand umfasste und es mit einem kräftigen Ruck zur Seite zog. Kullernd fielen die beiden hinter einen Brombeerstrauch und das Wildschwein jagte grunzend an ihnen vorbei.

„Puh, das war knapp!" Das Mädchen schüttelte sich und versuchte aufzustehen. Doch seine Beine waren mit denen seines Bruders verhakt.

„Typisch Schräubchen!", rief der aus und half seiner Schwester, sich zu befreien. Langsam erhoben sich die beiden.

„Alles klar?"

Schräubchen nickte zögerlich. „Das war ja ein Schreck, zum Hammer noch mal!"

„Was war denn los? Was war das denn für ein Knall vorhin?"

„Wenn ich das nur wüsste. Das Schwein war bestimmt nur so wütend, weil es ebenfalls von diesem Krach aufgeschreckt worden ist und ..." Schräubchen stockte und wies mit dem Finger in

die Richtung, in die das Wildschwein gerannt war. „Du, Rädchen, denkst du dasselbe wie ich?"

Dem HelleWecKs-Jungen stand der Schreck ins Gesicht geschrieben. „Unser Dorf!", rief er nur. „Schnell!"

Schon rannten die beiden wieder los. Sie folgten der Fährte, die das Wildschwein hinterlassen hatte: abgeknickte Äste, zertretene Blumen und aufgewühlte Erde. Mit jedem Schritt, den die beiden liefen, vergrößerten sich auch ihre Angst und ihre Gewissheit: Das Wildschwein musste geradewegs zu ihrem Dorf gerannt sein.

Keuchend erreichten sie den Hügel, hinter dem das Dorf der HelleWecKs lag. Die Geschwister blieben stehen, nahmen sich wieder an den Händen und stiegen die Anhöhe hinauf.

Beinahe oben angekommen, hielt sich Schräubchen mit der freien Hand die Augen zu. Sie wusste nicht recht, ob sie wirklich sehen wollte, was sie jetzt wahrscheinlich zu sehen bekam. So, mit vorgehaltener Hand, stapfte Schräubchen weiter und stellte sich noch einmal ihr Dorf vor, so, wie es ausgesehen hatte, als sie es am Morgen verlassen hatten. Ihr Dorf im Wald der Hundert Wasser.

Sie dachte an die grünen Wiesen rundherum, mit ihren herrlichen Blüten, in denen die Bienen sich brummend und summend mit Nektar versorgten, und wo die Schmetterlinge den ganzen Tag neue Tänze am Himmel einstudierten.

Sie dachte an den kleinen Bach, der durch das Tal floss, und an die kleine Brücke, die darüberführte, um die Wohnungen der HelleWecKs zu verbinden.

Es gab über zweihundert HelleWecKs und sie alle wohnten in diesem Tal. Manche lebten unter den Wurzeln der Bäume und hatten sich dort herrliche Wohnungen gebaut. Manche hatten es sich in hohlen Baumstämmen gemütlich gemacht und wieder andere lebten in kleinen Höhlen, die sie in die Wiesen am Hügel geschlagen hatten. Die meisten hatten sich mit viel Fleiß und Liebe kleine

Gärten angelegt und züchteten Pilze oder winzige Beeren. Es war ein Paradies voller Farben und voller Lachen.

Manche HelleWecKs waren so groß wie eine hoch gewachsene Pusteblume, doch die meisten waren etwas kleiner. Alle hatten sie grellgelbe Haare und trugen um den Hals eine lange Kette, an der ein bestimmtes Schmuckstück hing. Diesen Schmuck bekamen die HelleWecKs schon kurz nach ihrer Geburt geschenkt. Der HelleWecKs-Meister, der älteste im ganzen HelleWecKs-Tal, verlieh ihnen damit ihren Namen. Aus einer riesigen, geheimnisvollen Kiste, von der niemand wusste, woher sie kam, zog er Gegenstände heraus, die er auf eine Kette zog und dann dem Neugeborenen um den Hals band.

So waren auch Schräubchen und Rädchen zu ihren Namen gekommen: An Schräubchens Kette hing eine winzige Schraube und an Rädchens Kette ein silbernes Zahnrad.

Schräubchen mochte ihren Schmuck, denn durch die geheimnisvolle Kiste hatte auch ihre Kette einen geheimen Zauber.

Alle HelleWecKs trugen grüne Kittelchen mit unzähligen Taschen daran, in denen ihre selbst gebauten Werkzeuge steckten. Denn darin waren alle HelleWecKs besonders geschickt: im Umgang mit ihren flinken Händen und mit ihrem Werkzeug.

Es gab die unterschiedlichsten Berufe im Tal der HelleWecKs: diejenigen, die mit Holz arbeiteten und Brücken oder Wohnungen bauten, und diejenigen, die sich um die Kittelchen kümmerten, indem sie Haare von Rehen sammelten, diese grün einfärbten und daraus einen flauschigen Stoff anfertigten.

Es gab die Pilzschnitzer, die wunderbare Kunstwerke erschufen (welche allerdings nur einen einzigen Sommer hielten), und es gab die Beerenzüchter, die herrliche Limonaden und Eintöpfe herstellen konnten. Die Kordeldreher wussten, wie man mit wenigen Handgriffen Seile aus Grashalmen herstellen und die festesten Knoten binden konnte. Und die Haareknüpfer waren geschickt darin, die gelben Haare der HelleWecKs so zusammenzuflechten, dass sie mühelos Werkzeuge in ihren Zöpfen transportieren konnten, was die HelleWecKs gern taten, wenn die vielen Taschen in ihren Kitteln mal wieder übervoll waren.

Es gab Töpfeschnitzer und Sandalenflechter, Wurzelfinder und Blumenbeschauer, Bäumepfleger und Feuerbewahrer.

Kaum jemand hätte die vielen Berufe im HelleWecKs-Tal zählen können. Der Wald bot so viele Möglichkeiten und die HelleWecKs erfanden ständig neue Tätigkeiten zum Wohle für sich und für die anderen Waldbewohner. Und über all ihre Arbeit und über ihr Leben wachte der Meister. Er war ihr Mittelpunkt. Und so besaß er auch die schönste Wohnstätte mitten im HelleWecKs-Tal.

Im HelleWecKs-Tal, auf dessen Hügel Schräubchen nun stand und in das sie gleich hineinschauen würde.

Das HelleWecKs-Tal, das Schräubchen so liebte.

Ihre Hände zitterten. Sie traute sich kaum, die Finger zu bewegen und nachzuschauen. Was hatte das Wildschwein wohl angerichtet?

Langsam, ganz langsam, ließ Schräubchen ihre Hand sinken und der Blick, der sich ihr bot, nahm ihr den Atem. Es war schlimmer, als sie es sich jemals hätte vorstellen können: Durch das ganze Dorf erstreckte sich eine Spur der Verwüstung. Wo sich vorher die kleinen Sträßchen, eingefasst mit bunten Blumen, durchgezogen hatten, war jetzt nur noch aufgeworfene Erde zu sehen. Einige der Gärten vor den Wohnungen der HelleWecKs sahen aus wie umgegrabene Getreideäcker. Teile der Brücke, die bis vor wenigen Augenblicken noch über den Bach geführt hatte, hingen jetzt zersplittert im Wasser oder trieben am Ufer. Die wunderschönen Pilz-Kunstwerke, die den ganzen Ort verziert hatten, waren allesamt zertreten worden.

Und überall dazwischen liefen verstörte HelleWecKs herum, besahen sich dieses Durcheinander, schüttelten so heftig ihre Köpfe, dass die gelben Haare wehten, oder hielten sich die Hände vors Gesicht, um die Tränen zu verbergen.

Doch das Schlimmste: In der Mitte des Ortes lagen die Trümmer der schönsten Wohnung aller HelleWecKs. Von dem Heim, das sich der älteste der Waldbewohner, der HelleWecKs-Meister, unter einer riesigen Tannenwurzel eingerichtet hatte, war kaum noch etwas zu erkennen. Das Wildschwein musste direkt über die Wurzel gerannt sein und hatte so in Sekunden all das zerstört, was der HelleWecKs-Meister sich mit viel Mühe erbaut hatte.

Den beiden Geschwistern liefen Tränen die Wangen hinunter. Und erneut fragten sie sich, was das wohl für ein merkwürdiger Knall gewesen war, der das Wildschwein aufgeschreckt und schließlich zu diesem fürchterlichen Chaos geführt hatte.

„Da seid ihr ja endlich: Schräubchen und Rädchen!"

Die beiden HelleWecKs fuhren herum und blickten in das Gesicht von Amboss, einem HelleWecKs, der um einiges größer war als die beiden und der seine gelben Haare stets mit einem dicken Seil zu einem Zopf knotete.

An der Kette um seinen Hals hing ein Stück silbernes Metall. Angeblich das Bruchstück eines echten Ambosses. Doch niemand der HelleWecKs wusste eigentlich, was ein Amboss war. Schon oft hatte Schräubchen darüber nachgedacht, wo die geheimnisvolle Truhe und die Zeremonie der Namensgebung ihren Ursprung haben könnten. Zwar hatte Schräubchen eine Vermutung, wie alles zusammenhängen konnte. Sie wusste von einer Geschichte, lange, lange vor ihrer Zeit, doch hatte sie bisher noch nie mit jemandem darüber sprechen können. Und auch jetzt war nicht der rechte Zeitpunkt dafür.

Schräubchen war froh, Amboss hier zu sehen. Amboss war ihr Ausbilder. Er unterrichtete sie in Handwerkskunst, Fingerfertigkeit und im Lesen und Schreiben. „Was ist denn nur passiert?"

Amboss verzog das Gesicht. „Das fragt ihr noch? Das fragt ausgerechnet ihr beiden?" Er zeigte mit einem Finger ins Dorf hinab. „Ihr zwei habt das doch verschuldet!"

Schräubchen traute ihren Ohren nicht. „Wir? Wir waren doch gar nicht hier, zum Hammer noch mal. Wir ..."

„Das könnt ihr dem Meister erzählen", war Amboss' schroffe Antwort, dann nahm er Schräubchen an die rechte Hand und Rädchen an die linke und führte die beiden schimpfenden Geschwister ins Tal hinunter bis zu dem zerstörten Heim des HelleWecKs-Meisters.

Es war wirklich kaum etwas übrig geblieben von dem, was der Meister erbaut hatte. Die Wurzel der Tanne war ganz und gar niedergetrampelt worden und mit ihr alles, was sich darin befunden hatte: das Bett und die kleinen Stühle und Tische aus Holz, die der Meister mit seinem Messer, seiner Säge und seiner winzigen Axt selbst gestaltet hatte. Die Pflanzen und die Beerenbüsche vor dem Eingang waren gar nicht mehr zu erkennen. Alles lag zertreten und zerschmettert auf dem Waldboden.

„Was habt ihr nur wieder angestellt?"

Schräubchen und Rädchen fuhren herum und erkannten hinter sich den HelleWecKs-Meister mit seinem langen weißen Bart, seiner grünen Mütze, deren Spitze stets zum Himmel zeigte, und mit dem goldenen Ring an seiner Halskette, als Zeichen dafür, dass er als Meister die Gemeinschaft der HelleWecKs zusammenhielt.

„Morgen, Meister!", brachte Schräubchen kaum hörbar hervor. Sie spielte aufgeregt an ihrem Kittel. Auch Rädchen schloss sich leise an: „Guten Morgen, Meister!"

Der Meister blickte den HelleWecKs-Geschwistern traurig in die Augen.

Schräubchen befreite sich endlich aus Amboss' festem Griff. „Wir haben gar nichts getan", begann sie zu erklären. „Wir waren im Wald, als plötzlich dieser laute Knall ..."

„Seid ihr wieder bei den Menschen gewesen?", unterbrach der Meister und Rädchen wurde mit einem Mal leiser: „Wir äh, wir waren – nun ... also ..."

Sie blickte Rädchen Hilfe suchend an, doch dem fehlten ebenfalls die Worte.

Der Meister trat einen Schritt zur Seite und gab den Blick frei auf eine längliche Schachtel, die auf einer Seite zerrissen und schwarz war.

„Gehört das euch?", fragte er und jetzt wussten Schräubchen und Rädchen wirklich nichts mehr zu sagen. Betreten blickten die beiden auf ihre Fußspitzen.

„Ich nehme das mal als ein JA!" Der HelleWecKs-Meister trat näher an die beiden heran. „Was denkt ihr zwei euch nur, hm? Habe ich euch nicht schon tausendmal gesagt, dass ihr nicht zu den Menschen gehen sollt? Und dass ihr keinesfalls etwas von ihnen hierherbringen sollt, hm? Die Menschen haben nur verrückte Ideen im Kopf. Sie erfinden nur Unsinn. Dinge, die niemand gebrauchen kann, schon gar nicht wir HelleWecKs. Das, was die Menschen sich ausdenken, das passt nicht in unseren Wald. Aber ihr zwei …" Nun stand er so nah an den beiden, dass sein langer Bart ihre Wangen berührte. „Ihr beiden wollt ja nicht hören. Immer wieder rennt ihr zu den Menschen hin und …"

„Aber das ist alles so aufregend, so interessant", versuchte sich Schräubchen zu verteidigen, doch der Meister schüttelte den Kopf. „Das ist alles nur Unsinn und gefährlich und für uns nicht zu gebrauchen!"

Schräubchen versuchte weiter, sich zu verteidigen: „Aber früher, vor langer Zeit, da hatten …" „Kein Wort mehr!", unterbrach sie der Meister. Er zeigte noch einmal auf die braune Schachtel. „Wisst ihr überhaupt, was darin ist?"

Rädchen schüttelte den Kopf und Schräubchen gab zur Antwort: „Wir fanden das Wort so interessant, das darauf steht: Silvesterraketen. Es klingt so schön und so aufregend."

„Aufregend!", eiferte sich der Meister lauthals und Schräubchen zuckte zusammen. So wütend hatte sie den sonst so besonnenen HelleWecKs-Meister noch nie erlebt. „Schon wieder aufregend. Seht euch um, was ihr Aufregendes angestellt habt. Hobel, komm doch bitte hierher."

Aus der Gruppe der HelleWecKs, die sich rund um die zerstörte Meisterwohnung versammelt und das Geschehen verfolgt hatte, trat nun Hobel hervor, der Nachbar der beiden Geschwister. Er nestelte verlegen an seiner Halskette, an der sich ein längeres Holzstück befand. Man sagte sich, dass es von einem riesigen Hobel stammen sollte. Seine Augen fanden nirgendwo Halt. Er blickte verschämt um sich und traute sich nicht, Schräubchen oder Rädchen in die Augen zu sehen.

„Erzähl ihnen, was heute Mittag geschehen ist", bat der Meister.

Hobel drehte die Finger ineinander. „Ich weiß ja gar nicht, ob es wirklich die Schuld der beiden …"

„Du sollst auch nicht wissen", unterbrach ihn der Meister scharf. „Du sollst erzählen!"

Jetzt knotete Hobel seine Finger so fest ineinander, dass sie rot wurden. „Also, heute Mittag, als die Sonne auf diese Schachtel geschienen hat, da gab es plötzlich ein lautes Zischen und Summen und dann kam aus der Schachtel etwas Langes herausgeflogen. Es sauste zum Himmel und dann gab es einen Knall und dann Funken und dann war es weg. Aber ich weiß wirklich nicht, ob die beiden …"

Wieder unterbrach ihn der Meister. „Wir wissen, dass du das nicht wissen willst. Aber jetzt wissen wir wenigstens, was wir wissen müssen. Wir wissen jetzt, was das Wildschwein aufgeschreckt hat: das Menschenzeug aus dieser braunen Kiste! Aus der Kiste, die Schräubchen und Rädchen hierher gebracht haben."

Hobel blickte verlegen von der einen zur anderen Seite, dann fühlte er sich überflüssig und trat wieder in den Hintergrund.

Schräubchen wurde es heiß und kalt. Dann stimmte es also wirklich. Rädchen und sie waren daran schuld, dass das ganze Dorf

verwüstet und das schöne Heim des Meisters zerstört war. Nur ihrer Neugierde wegen war so Schlimmes geschehen. Zu gerne wäre sie jetzt in einen Maulwurfshügel gesprungen und nie wieder hervorgekommen. Das alles tat ihr schrecklich leid. Aber sie konnten doch nicht ahnen, dass ...

Der Meister schritt um die beiden herum und über zweihundert HelleWecKs-Augen folgten ihm. Schräubchen fiel es schwer, den Druck, der auf ihr und ihrem jüngeren Bruder lastete, auszuhalten.

„Und nun?", fragte sie, um das unerträgliche Schweigen zu durchbrechen. „Wie geht es nun weiter?"

Der Meister blieb stehen. „Darüber habe ich schon nachgedacht." Er nickte in die Richtung dessen, was einmal sein Haus gewesen war. „Da werde ich wohl nicht mehr wohnen können. Und ich glaube auch nicht, dass ich daraus jemals wieder ein Zuhause machen kann."

Schräubchen schluckte hörbar.

„Deshalb habe ich mir eine besondere Form der Wiedergutmachung für euch ausgedacht", sprach der Meister weiter. „Eine Aufgabe, die euch zum Nachdenken bringen und gleichzeitig davon abhalten soll, wieder zu den Menschen zu gehen." Er baute sich vor den beiden auf, strich mit einer Hand über seinen langen Bart und verkündete mit majestätischer Stimme, aus der aller Ärger und alle Wut herauszuhören waren: „Schräubchen und Rädchen, ihr werdet zur Strafe eine neue Wohnung für mich einrichten. Auf dass ihr die Dinge zu achten lernt, die wir HelleWecKs errichten, und auf dass ihr abgehalten werdet, weiter zu den Menschen zu gehen." Er wies auf eine hohe Fichte hinter dem Hügel, von der nur die Spitze zu erkennen war. „Ich überlege schon seit einiger Zeit, ob es nicht ratsam ist, ein zweites Tal zu besiedeln. Hier wird es langsam eng für uns viele HelleWecKs. Und vielleicht ist nun der Zeitpunkt gekommen, etwas Neues zu schaffen. Dort, um diese riesige Fichte herum, soll das neue HelleWecKs-Tal entstehen.

Und ihr beiden sollt direkt unter der Fichte die erste Wohnung einrichten: mein neues Zuhause!"

Alle Augen wandten sich zu dem Hügel um.

„Das wird ein schweres Stück Arbeit", gab der Meister zu. „Und ich weiß, ihr seid eigentlich noch nicht so weit. Doch besinnt euch auf das, was Amboss euch bisher gelehrt hat, und richtet diese Wohnung für mich ein. Dies ist eure Strafe und es gibt kein Zurück für euch. Selbst wenn ihr die nächsten hundert Jahre daran arbeiten solltet!"

Ein Raunen ging durch die Menge und so hörte niemand, wie Schräubchen und Rädchen enttäuscht seufzten.

Auftrag für zwei HelleWecKs

„So ein Unglück!" Rädchen saß am Rande der Fichtenwurzel auf einem Pilz und warf die Hände in die Luft. „So ein Unglück, zum Hammer noch mal!"

Schräubchen kratzte sich den Kopf und murmelte gedankenverloren: „So ein großes Pech für zwei so kleine HelleWecKs, zum Hammer noch mal!"

Noch immer hörten sie den Meister schimpfen, obwohl dieser bereits vor einiger Zeit davongegangen war. Er hatte die Geschwister noch zu dieser Wurzel begleitet, dann war er laut knurrend abgezogen. „Und gebt euch Mühe", waren seine letzten Worte gewesen, die nun in den Ohren der beiden HelleWecKs wieder und wieder nachhallten.

„Wie sollen wir das jemals schaffen?", stöhnte Rädchen erneut auf.

Der Raum unter der Wurzel war riesig. Im Vergleich zur HelleWecKs-Größe eine gigantische Höhle. Der Wind zog hindurch, der Boden bestand aus feuchtem Schlamm und die Verzweigungen der Wurzel boten keinen echten Halt.

„Selbst unser Meister würde Jahre brauchen, um aus diesem Loch ein schönes Zuhause zu machen", grübelte Schräubchen und Rädchen gab ihr nickend Recht: „Wir werden wohl eine lange Zeit hier verbringen."

„… und nicht mehr zu den Menschen gehen." Jetzt konnte Schräubchen ihre Tränen nicht mehr zurückhalten. All ihre Enttäuschung, Wut und Trauer flossen in Form von schimmernden Tropfen über ihr Gesicht. „Nicht mehr zu den Menschen, zum Hammer noch mal! Wie soll ich das denn aushalten? Sie fehlen mir doch jetzt schon."

„Mir auch", erwiderte Rädchen. „Vor allem der Satz ‚Wo ist denn mein Werkzeug?' fehlt mir am meisten."

Schräubchen musste unter ihren Tränen aufkichern. „Niemand in der Firma, die wir seit Wochen besuchen, hat uns bisher entdeckt."

„Und niemand weiß, dass wir uns manchmal die Werkzeuge – äh – borgen."

„Hihi, weißt du noch, neulich, als du mit deiner Hose an dem Schraubstock hängen geblieben bist?"

„Und einer der Menschen mich fast entdeckt hätte, wenn du mir nicht in letzter Sekunde zu Hilfe gekommen wärst? Ja, daran erinnere ich mich noch sehr gut. Der Schreck sitzt mir noch immer in den Knochen."

„Das hat sich aber auch gelohnt. Seitdem haben wir dieses wunderschöne Klappdingsbums."

„Ja, und bestimmt hätten wir auch bald herausgefunden, was man damit machen kann."

In diesem Moment strömten wieder die Tränen über Schräubchens Gesicht. „Und wir werden es auch lange nicht erfahren", schluchzte sie. „So ein Unglück, zum Hammer noch mal!"

Rädchen nahm seine Schwester in den Arm. „Nicht weinen. Irgendwie schaffen wir das schon. Du und ich. Bisher haben wir noch alles geschafft, was du … was wir uns vorgenommen haben."

„Ja, in hundertzwanzig Jahren schaffen wir das vielleicht. Und so lange sehe ich meinen Glitzerpalast nicht wieder."

Jetzt zuckte Rädchen sichtbar zusammen. Daran hatte er noch gar nicht gedacht: der Glitzerpalast! Seine Schwester liebte es, morgens auf dem Weg zu den Menschen eine Rast einzulegen und nur auf diesen Palast zu schauen. Er war mächtig groß und glänzte und glitzerte in der Sonne. Selbst das Dach und die Wände glitzerten. Alles daran war wunderschön. Und manchmal abends, wenn die beiden von ihren Streifzügen nach Hause gingen, blieben sie bei dem Glitzerpalast stehen und beobachteten, wie die untergehende Sonne sich darin spiegelte.

„Wie soll ich denn nur die nächste Zeit ohne meinen Palast aushalten, zum Hammer noch mal!"

Rädchen löste sich von seiner Schwester. „Vielleicht sollten wir einfach mit der Arbeit beginnen. Das Klagen und Jammern bringt uns auch nicht weiter."

Schräubchen zog laut vernehmbar die Nase hoch. „Vielleicht hast du Recht." Wieder einmal war sie glücklich, ihren Bruder an der Seite zu haben, der so ganz anders war als sie. Selbst Amboss sagte oft, dass die beiden sich prima ergänzten. „Rädchen ist wie der schlaue Kopf von euch beiden und Schräubchen hat die flinken Hände", sagte er immer wieder und fügte dann oft kichernd an: „Manchmal etwas zu flinke Hände."

Noch einmal besahen sie sich die Wurzel der Fichte. Dieses Mal jedoch mit einem ganz anderen Blick: mit dem Blick des Handwerkers, so, wie sie es von Amboss gelernt hatten.

„Weißt du noch, was er immer betont?", begann Schräubchen. „Er sagt: Zuerst immer die – äh, wie heißt das noch einmal – Saabphilippi-tät herstellen."

„Was?"

„Na, die Trag-Brilli-Dings – nein, die Straf-zilli-ri-ti-ti ... grrrr! Ich hasse diese Fremdwörter, zum Hammer noch mal!"

Rädchen lachte auf. „Ach so, du meinst die Stabilität!"

„Sag ich doch!"

„Genau. Und du hast Recht. Erst einmal muss die Wurzel halten. Das würde auch Amboss sagen! Komm, lass uns anfangen!"

Gemeinsam machten sie sich auf die Suche nach einem langen Ast, schlugen mit ihren kleinen Äxten die Zweige ab und brachten ihn auf die richtige Größe. Schon nach wenigen Augenblicken lief ihnen der Schweiß über das Gesicht, so anstrengend war es, mit den kleinen Äxten die dicken Zweige abzuschlagen. Aber beide spürten auch, dass mit jedem Axtschlag die Wut im Bauch mehr und mehr verflog. Es tat gut, sich sinnvoll zu beschäftigen.

Schließlich trugen sie den Ast unter die Wurzel und klemmten ihn mit viel Mühe aufrecht unter den dicksten Wurzelarm, genau in die Mitte der Höhle. Sie traten zwei Schritte zurück und besahen sich ihr Werk.

„Für den Anfang nicht schlecht, oder?", strahlte Rädchen und Schräubchen nickte. „Amboss wäre bestimmt stolz auf uns."

„Und was machen wir jetzt?"

Schräubchen blickte sich um. „Die Sonne geht bald unter und mein Magen knurrt. Was hältst du davon, Feierabend zu machen und früh schlafen zu gehen? Ich finde, für heute hat der Tag genug an Aufregung gebracht."

„Du hast Recht, Schwesterchen. Lass uns gehen."

Eng umschlungen machten sie sich auf den Heimweg, jeder tief in seine Gedanken versunken. An der Spitze des Hügels, kurz vor ihrem Dorf, blickte sich Schräubchen noch einmal um und schaute in die Richtung der Menschen. Sie erkannte den schmalen Weg, den sie und ihr Bruder seit Monaten täglich genommen hatten und den sie inzwischen schon platt getreten hatten. Und weit, zu weit von ihr entfernt, glaubte sie ein kleines Glitzern zu entdecken.

Sie schluchzte, hielt mit Mühe eine Träne zurück, dann ließ sie sich von ihrem Bruder nach Hause bringen.

Neue Freunde

„Das gibt es nicht!"
„Das kann doch nicht wahr sein, zum Hammer noch mal!" Schräubchen und Rädchen trauten ihren Augen kaum, als sie am nächsten Morgen die Wurzel erreichten: Der Wurzelarm in der Mitte war abgesackt, der kräftige Ast, den die beiden HelleWecKs gestern mit so viel Mühe darunter gestemmt hatten, lag auf dem Boden, in der Mitte zerbrochen.

„Wie kann das denn sein?", rief Rädchen aus und besah sich den Ast genauer.

Schräubchen fand keine Worte mehr. Wieder einmal schossen ihr dicke Tränen in die Augen. Ärger und Verzweiflung machten sich in ihr breit.

„So ein dreimal verhobeltes Unglück", schrie sie. „So ein krumm geaxtes Pech!" Sie drehte sich einmal im Kreis vor Wut. „Das schaffen wir doch nie. Wir werden diese verschleifte Aufgabe niemals schaffen!"

Sie blickte ihrem Bruder noch einmal fest in die Augen, dann rief sie: „Niemals schaffen wir das, zum Hammer noch mal!"

Damit rannte sie davon.

Rädchen blieb verdutzt unter der Wurzel stehen und sah seiner Schwester hilflos nach. Er fragte sich nun nicht nur, wie dieses Unglück hatte geschehen können, sondern auch, woher seine Schwester nur all diese Schimpfwörter kannte!

Schräubchen rannte und rannte und dabei stieß sie Verfluchungen aus, die Rädchen nur noch mehr zum Staunen gebracht hätten. Sie wusste gar nicht, wohin sie lief oder wovor sie davonrannte, doch ihre Beine wollten nicht mehr stehen bleiben.

Bis sie schließlich atemlos und keuchend unter den Ästen einer Tanne hielt und sich auf die Erde fallen ließ.

Was nun? Schräubchen wusste sich keinen Rat. Doch sie kam auch nicht dazu, lange über ihre Situation nachzudenken, denn plötzlich vernahm sie fremde Stimmen. Schnell rappelte sie sich auf und huschte hinter einen Baumstumpf. Sie schüttelte heftig ihren Kopf, sodass die Radmutter, die eben noch die gelben Haare zusammengehalten hatte, in hohem Bogen zur Erde fiel. Auch ein kleines Messer, das Schräubchen vor wenigen Tagen selbst angefertigt hatte, flog heraus. Innerhalb von nur einer Sekunde stellten sich die dicken, gelben Haare auf, standen ab wie die Strahlen der Sonne und schon sah Schräubchen nicht mehr wie ein Waldbewohner, sondern wie eine Löwenzahn-Pflanze aus. Ihr grünes Kittelchen war der Stiel und die grellgelben Haare die Blüte.

Das war der eigentliche Grund, warum die HelleWecKs bisher noch nie entdeckt worden waren: Sie konnten sich innerhalb von nur einer Sekunde verwandeln und dem Blick von Mensch und Tier entschwinden. Wer interessiert sich schon für Löwenzahn?

Die Stimmen kamen näher und Schräubchen war überrascht, wie kräftig sie klangen. Ganz anders als die eher hohen Stimmen der HelleWecKs. Wer mochte sich da nähern? Das klang doch beinahe wie … wie die Stimmen der Menschen … und doch anders.

Eigentlich traute sich Schräubchen nicht, aus ihrem Versteck und unter ihren Haaren herauszuschauen. Sie sollte sich lieber von den Menschen fernhalten.

Aber ihre Neugierde trieb sie wieder einmal an. Sie nahm all ihren Mut zusammen, schüttelte wieder den Kopf, sodass die Haare langsam über ihre Schultern fielen, und blinzelte hinter dem Baumstumpf hervor.

Tatsächlich: Dort kamen Menschen. Aber nicht die großen, die Schräubchen aus der Fabrik kannte, in die sie schon so oft mit Rädchen gelaufen war. Nein, das hier waren Kinder. Und ganz besondere Kinder. Schräubchen musste grinsen. Solche hatte sie bisher noch nie gesehen.

Doch schnell verschwand das Lächeln auf ihrem Gesicht. Diese Kinder wirkten verzweifelt. Vor allem das Mädchen schluchzte. So wie Schräubchen vorhin.

„Wie sollen wir sie nur wiederfinden?", fragte das Mädchen mit zittriger Stimme. „So tief im Wald sind wir noch nie gewesen."

„Du musst mutig sein", versuchte der Junge sie zu trösten. „Nicht mehr lange und wir werden sie ..."

„Aber ich kann nicht mehr!", rief das Mädchen aus und ließ sich auf dem Baumstumpf nieder, hinter dem sich Schräubchen versteckte. Das HelleWecKs-Mädchen duckte sich und huschte zur Seite.

„War da nicht was?", fragte der Junge plötzlich. „Ich habe ein Rascheln gehört."

Schräubchen schüttelte in ihrem Versteck schnell wieder den Kopf, um sich zu tarnen. Sie stand nun als Löwenzahn dicht neben den Füßen der beiden Kinder. Sie wagte nicht einmal zu atmen. Sie musste erst einmal hier verharren. Und wenn es Stunden dauern würde, bis die Menschenkinder sich entfernten und Schräubchen wieder einatmen konnte.

„Da war doch was", wiederholte der Junge und trat näher an den Baumstumpf heran, sodass er Schräubchen beinahe berührte. Als der Junge sich schließlich zu seiner Schwester setzte, stellte er seinen riesigen Fuß versehentlich auf Schräubchens Füße.

„Autsch", entfuhr es dem HelleWecKs und schon schlug sie beide Hände vor den Mund. Im gleichen Moment verlor sie ihre Tarnung und der Junge erblickte den winzigen Waldbewohner.

„Na, so was", hauchte der und bückte sich zu Schräubchen herab. „Wer bist du denn?"

Vorsichtig nahm er sie auf seine Hand. Schräubchen wollte erst protestieren, doch beim Blick auf die beiden Kinder siegte die Neugierde. Sie wollte doch zu gerne wissen, warum die beiden ...

„Sei vorsichtig", rief das Mädchen aus. Der Junge hielt Schräubchen vor ihre Gesichter.

Die beiden Geschwister blickten dem HelleWecKs-Mädchen nun ebenso erstaunt entgegen wie Schräubchen die beiden Kinder anschaute.

Der Junge zeigte mit dem Finger auf Schräubchen. „Wer oder was bist du denn?"

„Ich? Ich bin ein HelleWecKs!"

„Ein HelleWecKs?", wiederholte das Mädchen flüsternd. Sie konnte ihren Blick nicht mehr abwenden. „Davon habe ich noch nie gehört."

„Und was seid ihr für zwei?", kicherte Schräubchen. Sie konnte ihre Neugierde nun gar nicht mehr zügeln. Jetzt wollte sie es endlich wissen. „So was wie euch habe ich noch nie gesehen. Ihr seht ja fast gleich aus. Wie ein Spiegelbild, das neben seinem Spiegelbild sitzt."

„Ach, das meinst du", antwortete der Junge. „Wir sind Zwillinge."

„Wir gleichen uns fast wie ein Ei dem anderen", setzte das Mädchen nach.

Und nun war Schräubchens Neugierde erst recht geweckt!

Sie blickte vergnügt erst zu dem Jungen, dann zu dem Mädchen und dann wieder zu dem Jungen zurück. „Du, sag mal, wenn ich dich in die Nase zwicke, tut es ihr dann auch weh?"

Der Junge kicherte. „Nein, ganz bestimmt nicht."

Jetzt wandte sich Schräubchen dem Mädchen zu: „Und wenn ich dir die Haare grün färbe, werden seine dann auch grün?"

Das Mädchen schüttelte amüsiert den Kopf. „Nein, dann bekomme ich nur Ärger mit unseren Eltern."

„Aha. Soso. Verstehe." Schräubchen machte ein Gesicht, als ob sie gerade ein wichtiges Experiment durchführte. „Zwieblinge."

„Nein, Zwillinge", korrigierte der Junge.

Schräubchen kicherte: „Wie heißt ihr überhaupt?"
„Ich bin Leon", antwortete der Junge. „Und das ist meine Schwester Lena. Und wie heißt du?"
„Schräubchen", kam die Antwort.
Lena kicherte. „Wie heißt du? Schräubchen? Das ist ja ein niedlicher Name."
„Wieso niedlich? So heiße ich halt. Schräubchen, das HelleWecKs-Mädchen."
„Ach!"
„Ich lebe hier mit vielen anderen HelleWecKs im Wald. Wir sind die Handwerker des Waldes, könnte man sagen. Ohne uns wäre schon einiges schiefgelaufen. Das könnt ihr mir glauben." Sie zeigte in den Wald hinein. „Also, wenn Amboss neulich nicht gemeinsam mit uns das Nest von Frau Amsel repariert hätte, dann wären ihr bestimmt die Jungen herausgefallen. Amseln sind ja wirklich sehr gute Nestbauer, aber diese Frau Amsel hat gar keine Ahnung davon, zum Hammer noch mal. Und erst vor wenigen Tagen haben wir die kleine Ulme an der Bachbiegung gerettet. Die ist von einem Reh umgerannt worden. Und ohne uns würde sie jetzt bestimmt nicht mehr stehen." Schräubchen baute sich stolz auf. „Wenn es irgendwo was zu retten gibt, dann sind wir da. Hauptsache, es hat mit Holz zu tun. Denn mit Holz kennen wir uns ..." Sie unterbrach sich. „Aber hier stehe ich und quatsche euch die Ohren voll. Dabei habt ihr beiden bestimmt Wichtigeres zu tun."

In diesem Moment liefen Lena dicke Tränen über die Wangen. „Leon und ich haben uns verlaufen. Und wenn wir nicht bald unsere Eltern finden, dann ..."

„Aha. Soso. Verstehe." Schräubchen wurde schnell ernst. „Ihr sucht eure Eltern. Hm ..."

„Wir haben schon nach ihnen gerufen. Bestimmt hundert Mal. Aber sie hören uns nicht."

„Hm, der Wald ist riesig", grübelte Schräubchen. „Der Wind huscht durch die Bäume und lässt die Blätter rascheln. Da gehen Stimmen schnell verloren. Wir brauchen etwas anderes für euch. Etwas ganz anderes. Etwas Schrilles, damit sie uns hören. Einen ungewöhnlichen Ton, der über das Rauschen der Bäume ... Hm ..."

Plötzlich hellte sich ihr Gesicht auf. „Aha. Soso. Verstehe", rief Schräubchen aus und sah sich auf dem Waldboden um.

„Was suchst du?", erkundigte sich Leon.

„Zwei Äste. Nicht zu lang und nicht zu dick. Mit schöner Rinde drumherum und ..."

Leon machte einen Satz ins Gebüsch und zog zwei Äste hervor. „So was?"

„Perfekt", strahlte ihm Schräubchen entgegen. „Lasst uns Pfeifen bauen."

„Pfeifen?", fragten Leon und Lena wie aus einem Mund.

„Na, wozu bin ich wohl ein HelleWecKs, hm?"

Schräubchen suchte auf dem Waldboden ihr kleines Messer, das ihr vorhin, als sie sich getarnt hatte, aus den Haaren geflogen war: ein spitzer Stein mit scharfen Kanten, der an einen Holzgriff gebunden war. Schnell hatte sie es gefunden. Mit ihrer anderen Hand griff sie nach einem der beiden Äste und schnitt knapp vor dem Astende eine Kerbe ins Holz. „Das leitet die Luft um und erzeugt einen Ton", erklärte sie. Dann klopfte sie mit dem anderen Ast die Rinde locker.

Die beiden Menschenkinder beobachteten erstaunt, wie geschickt sich das HelleWecKs-Mädchen anstellte und wie schnell es vorankam, obwohl die Pfeife, die es für die Kinder baute, riesig groß war für seine HelleWecKs-Hände.

Schräubchen bearbeitete anschließend den zweiten Ast genau so wie den ersten und konnte den beiden Kindern bald die fertigen Pfeifen vorhalten. „Versucht es mal."

Leon und Lena nahmen die Pfeifen. Sie hielten sie an den Mund und bliesen hinein. Wenn sie nicht allzu fest die Lippen um die Pfeife schlossen, kamen tatsächlich schrille, laute Töne hervor.

Sie bliesen in die Flöten und Schräubchen klatschte vor Begeisterung in die Hände. „Wie schön, es klappt", lachte sie. „Zum Hammer noch mal!"

Bald schon waren Schritte zu hören. Aus dem Wald traten die Eltern auf die Lichtung. Leon und Lena liefen ihnen entgegen und nahmen sie in die Arme, während Schräubchen wieder flink hinter den Baumstumpf huschte, um sich zu verstecken. Doch schon bald siegte ihre Neugierde und sie blinzelte hinter dem Stumpf hervor, um alles genau zu beobachten.

Die Eltern der Menschenkinder sahen freundlich aus. Schräubchen mochte sie sofort. Der Vater trug einen Anzug und die Mutter stand in einem geblümten Kleid vor den Kindern.

Eine richtig hübsche und nette Familie, dachte Schräubchen.

„Wir haben uns Sorgen gemacht", sagte die Mutter zu Leon und Lena.

„Und dann haben wir schrille Töne gehört", ergänzte der Vater. „Und wir wollten nachsehen, was …"

Er stockte, als er die Pfeifen in den Händen der Kinder entdeckte.

„Was ist denn das?"

Er nahm Lena die Pfeife aus der Hand und sah sie sich genau an. „Solche Pfeifen haben wir als Kinder auch immer gebaut", sagte er und blies zweimal hinein. „Ich hatte schon ganz vergessen, wie es geht."

„Ich kann es dir gerne zeigen", sagte Lena. „Ist ganz einfach."

„Nachher. Jetzt sollten wir erst einmal nach Hause gehen. Es ist spät geworden und …"

„Könnt ihr vielleicht schon mal vorausgehen?", bat Lena und sowohl ihr Bruder als auch ihre Eltern sahen sie überrascht an.

„Wieso? Willst du dich schon wieder verlaufen?", entgegnete der Vater, doch Lena winkte ab. „Ich will nur noch was erledigen", war ihre Antwort und jetzt verstand auch Leon.

„Geht doch einfach nur ein paar Schritte voraus. Wir kommen sofort nach. Versprochen."

Die Eltern sahen sich fragend an, dann lachten sie laut los. „Also, ihr beiden seid wirklich immer für eine Überraschung gut."

Die Eltern nahmen sich an der Hand und gingen voraus. „Aber wir bleiben in Rufweite."

Leon und Lena wandten sich ruckartig um und gingen in die Hocke. Ihre Hoffnung erfüllte sich. Schräubchen stand noch immer hinter dem Baumstumpf und blickte den beiden amüsiert entgegen. Inzwischen hatte sie auch die Radmutter wieder gefunden und sich ihre Haare zu dem üblichen Zopf zusammengebunden. Auch ihr Messer steckte wieder darin.

„Wann können wir dich wiedersehen?", fragte Lena hastig und Schräubchen antwortete vergnügt: „Na, wann immer ihr mich sehen w..." Sie stockte. Ihre ganze Situation kam ihr in den Sinn: der Meister und die schwierige Aufgabe, die sie mit ihrem Bruder erfüllen musste. Sie seufzte leise: „In hundert Jahren etwa. Dann können wir uns wiedersehen.","Was?", Lena traute ihren Ohren nicht. „Hundert Jahre? Aber wieso..."

„Nehmt mich ein Stück mit", schlug Schräubchen vor. „Dann erzähle ich euch alles."

Wieder nahm Leon das HelleWecKs-Mädchen vorsichtig auf die Hand. Und gemeinsam machten sie sich hinter den Eltern auf den Weg aus dem Wald, während Schräubchen den beiden Kindern ihr ganzes Herz ausschüttete und alles berichtete, was am gestrigen Tag geschehen war.

„Aber das verstehe ich nicht", wandte Leon ein. „Der Trägerbalken unter der Wurzel hätte halten müssen. So, wie du das beschreibst, habt ihr alles richtig gemacht."

„Kennst du dich damit aus?", erwiderte Schräubchen und Leon nickte. „Ein bisschen schon. Papa ist Architekt und Mama ist Zimmerermeisterin. Deshalb ..."

Schräubchen kicherte. „Was ist dein Papa? Anti-Schreck?"

„Nein. Architekt. Er plant Häuser."

„Ui, das ist ja interessant", erwiderte Schräubchen. Die Vorwitznase juckte wieder einmal und jetzt war es an Leon, zu erzählen.

Er berichtete von den vielen Häusern und Brücken, die sein Vater bereits geplant hatte. Und auch von ihrem eigenen Haus erzählte er: „Papa und Mama haben fast alles selbst entworfen. Papa hat es geplant und mit Mama zusammen hat er vieles selbst gebaut. Du kannst unser Haus übrigens gleich sehen. Wir sind fast da. Wenn du genau hinschaust, dann kannst du schon das Dach erkennen."

Schräubchen blickte nach vorn und es verschlug ihr den Atem. Heiß und kalt lief es ihr den Rücken hinunter. Vor lauter Reden war ihr gar nicht aufgefallen, wohin sie mit den Kindern gegangen war. Doch jetzt wusste sie genau, wo sie waren.

Quer über den Waldweg der Menschen verlief ein schmaler Trampelpfad. Für Menschenaugen kaum zu entdecken. Doch Schräubchen kannte diesen Weg nur zu genau. Und sie kannte auch das Haus, auf das Leon gerade mit den Fingern zeigte.

„Der Glitzerpalast", flüsterte sie gerührt.

Lena lachte auf. „Wie nennst du unser Haus?"

„Das ist der Glitzerpalast. Weil alles daran glitzert und glänzt."

Begeistert klatschte Lena in die Hände. „Glitzerpalast. Jetzt wohne ich gleich noch einmal so gerne darin." Und dann erklärte sie: „Das, was so glitzert, sind die Dinge, die Papa eingebaut hat. Wir wohnen in einem supermodernen Haus. Solaranlage auf dem Dach, Sonnenschutzlamellen an den Fenstern, Klimatechnik und Alarmanlage ..."

„Aufhören!", rief Schräubchen plötzlich. „Das sind viel zu viele Fremdwörter auf einmal. Da dreht sich mir ja der Kopf. Habt ihr denn bei all den Dingen noch Platz im Haus für euch und eure Betten?"

Lena kam aus dem Lachen nicht mehr heraus. „Du bist klasse! Ja, wir haben noch Platz für uns. Komm uns doch einfach mal besuchen."

„Pssst!", zischte Leon seiner Schwester zu. „Du weißt doch: frühestens in hundert Jahren!"

Sofort hatte Lenas Lachen ein Ende. „Oh ja, entschuldige, Schräubchen. Das ist mir so rausgerutscht. Du bist herzlich eingeladen, aber du musst ja noch …" Schräubchen ließ den Kopf hängen. „Das klingt alles hochinteressant, Lena. Und so aufregend. Aber erst einmal muss ich mich um meine Aufgabe kümmern."

„Vielleicht können wir euch helfen", schlug Leon vor.

„Was? Wie meinst du das?"

„Na, ich sagte doch schon, Papa ist Architekt. Vielleicht weiß er, wie man die Höhle eures Meisters schnell ausbauen kann. Er kann uns bestimmt Tipps geben und wer weiß: Vielleicht dauert es dann keine hundert Jahre, sondern nur hundert Tage."

Schräubchen blickte ihn grübelnd an. „Aha. Soso. Verstehe. Aber dann – dann müsstet ihr ihm von mir erzählen. Und von meinem Bruder und sogar von den anderen HelleWecKs."

„Stimmt."

„Oh, ich weiß nicht, ob das eine gute Idee ist." Schräubchen wandte sich von Leon ab.

Hunderte Geschichten kamen ihr in den Sinn. Geschichten, die kleinen HelleWecKs-Kindern schon immer über die Menschen erzählt wurden. Und keine dieser Geschichten klang nett. Von zerstörten Wäldern war darin die Rede und von Maschinen, mit denen die Luft verpestet wurde. Von Müllbergen an Bachläufen und von gejagten Tieren, die sich nie wieder von ihrem Schreck erholt hatten.

Schräubchen schüttelte sich bei den Erinnerungen. Sie und Rädchen waren bisher die Einzigen, von denen sie wusste, dass sie sich zu den Menschen gewagt hatten.

Und jetzt das. Konnte sie Leons Angebot wirklich annehmen?

„Du musst dich ja nicht sofort entscheiden", schlug Lena vor und es war Schräubchen, als würde ihr eine riesige Last genommen. „Denk darüber nach und wenn du dir sicher bist, dann lass es uns wissen, ja?"

Schräubchen nickte erleichtert. „Kommt morgen früh wieder hierher", bat sie. „Bis dahin habe ich eine Entscheidung getroffen."

Sie blickte den beiden Kindern fest in die Augen, dann bedankte sie sich für den schönen Nachmittag, ließ sich von Leon auf die Erde setzen und rannte davon. Allerdings nicht, ohne sich noch einmal umzudrehen und einen letzten Blick auf den Glitzerpalast zu werfen, dem Zuhause von Leon und Lena.

Die Vereinbarung mit dem Meister

„Das ist ja unglaublich!"
Fünf Mal hatte Schräubchen ihrem Bruder nun alles berichten müssen, was sie gestern mit den Kindern erlebt hatte, und dennoch starrte er sie an, als hörte er das alles zum ersten Mal.
„Das ist einfach unglaublich."
Schräubchen nickte. „Wir sollten uns allmählich entscheiden." Sie standen an der Wurzel der Fichte, an der Rädchen gestern so lange auf seine Schwester hatte warten müssen.
„Aber das ist doch ganz klar", rief Rädchen aus. „Wir nehmen die Hilfe der Kinder an. Wenn diese Familie wirklich so nett ist, wie du sagst, dann …"
„… dann kann sie bestimmt das Geheimnis der HelleWecKs für sich behalten", stimmte Schräubchen zu. „Wir werden uns mit den Menschen zusammentun, zum Hammer noch mal." Sie trat nun ganz nahe an ihren Bruder heran und tat sehr geheimnisvoll. „Das ist der mutigste Schritt, den du je getan hast", sagte sie. „Und weißt du, ich habe gehört, dass früher, also viel früher, da waren …"
„Ah, da seid ihr ja, ihr beiden", unterbrach sie plötzlich eine laute Stimme. Die beiden drehten sich ruckartig um und sahen den HelleWecKs-Meister auf sich zukommen, begleitet von Amboss, der den beiden fröhlich zuwinkte.
„Wie kommt ihr voran mit eurer Arbeit, hm?", erkundigte sich der Meister. Er warf einen langen Blick unter die Wurzel, entdeckte den abgebrochenen Ast und ging langsam eine Runde um die ganze Fichte.
Schräubchen und Rädchen rückten dicht zusammen und hielten sich an den Händen. Nun würde der Meister wohl ein Donnerwetter loslassen, weil bisher noch nichts geschehen war. All die gute Laune von vorhin war mit einem Mal verflogen.

Nachdem er seine Runde beendet und sich alles angesehen hatte, baute sich der Meister vor den beiden auf. Schräubchen und Rädchen rückten noch dichter zusammen. Schräubchen konnte das Herz ihres Bruders spüren. Und auch ihr eigenes schlug ihr bis zum Hals.

Der Meister nahm tief Luft und sagte: „Da muss ich mich wohl entschuldigen." Und Schräubchen und Rädchen waren sich sicher, dass sie sich verhört haben mussten.

„Ich war wohl etwas zu streng zu euch", fuhr der Meister in ruhigem Ton fort und sogleich beruhigten sich die Herzen der beiden HelleWecKs wieder.

„Ihr müsst wissen, ich war vorgestern sehr wütend und aufgebracht. Auch enttäuscht von euch beiden. Nur so ist zu erklären, dass ich euch diese Aufgabe aufgetragen habe, die ihr allein noch gar nicht bewältigen könnt, nicht wahr?" Er ging in die Hocke, sodass er den Geschwistern direkt in die Augen sehen konnte. „Dass ihr aber auch dauernd zu den Menschen gehen müsst", sagte er. „Das hat mich sehr geärgert. Doch dann besprach ich mich lange mit Amboss und wir sind der Meinung, dass diese Strafe zu hart für euch ist."

Schräubchen und Rädchen konnten erkennen, wie Amboss ihnen hinter dem Rücken des Meisters zuzwinkerte.

„Ich möchte euch also von eurer Strafe entbinden. Ihr beiden braucht diese Wurzel nicht auszubauen. Das kann ich mit den Gesellen gemeinsam …"

„Aber wir wollen die Strafe annehmen", unterbrach ihn Schräubchen und nun dachte der Meister, er hätte sich verhört. „Wir werden aus dieser Wurzel ein wunderschönes Heim für unseren Meister machen, nicht wahr, Rädchen?"

Ihr Bruder nickte heftig und der Meister wusste noch immer nicht, ob er das träumte oder wirklich erlebte. Auch Amboss stand der Mund vor Überraschung offen.

„Wir bauen die Höhle in eine Wohnung um – aber auf unsere Art", verkündete Schräubchen laut.

Langsam erholte sich der Meister von seiner Überraschung und begann laut zu lachen.

„Die Jugend!", rief er aus. „Die Jugend und ihre Ideen. Also bitte, ich lasse euch gewähren. Ihr habt alle Zeit der Welt. Tobt euch an dieser Wurzel aus und ..."

Doch noch einmal widersprach ihm Schräubchen: „Wir brauchen aber nur 60 Tage!"

Der Meister blickte ihr erstaunt entgegen. „60 Tage? Also, sollte euch das gelingen", gab er zur Antwort, „dann werdet ihr umgehend zu HelleWecKs-Gesellen ernannt. Denn so etwas ist bisher noch niemandem gelungen."

Schräubchen und Rädchen klatschten in die Hände. „Danke!"

Doch der Meister winkte ab. „Solltet ihr aber Hilfe benötigen, dann zögert nicht, danach zu fragen."

Wir werden Hilfe haben, dachte Schräubchen. Nette Hilfe. Aber natürlich verriet sie nichts davon. Stattdessen sagte sie: „Wir haben nur eine Bedingung: Niemand darf diese Baustelle betreten, bis wir fertig sind."

Wieder lachte der Meister auf. „Abgemacht!" Dann ging er schmunzelnd davon.

Amboss trat auf die beiden zu und flüsterte: „Ich weiß ja nicht, was ihr da plant, aber ich bin da, wenn ihr mich braucht. Ich helfe euch gern, das wisst ihr!"

Doch Schräubchen schüttelte nur den Kopf.

Amboss schlug beiden auf die Schulter. „Ihr seid zwar die wildesten Lehrlinge, die ich je kennengelernt habe, aber ihr seid gewiss auch die beiden mutigsten!" Und damit zog er gleichfalls hinter dem Meister davon.

„Nun komm, wir haben schon viel zu viel Zeit verloren!" Schräubchen griff nach der Hand ihres Bruders und zog ihn mit sich. Rädchen ließ sich von ihr führen und dachte nach. Wie oft bewunderte er Schräubchen für ihren Mut. Wie oft hatte er sich schon gewünscht, so zu sein wie sie. Doch wann immer er mit Schräubchen darüber sprach, winkte sie nur ab: „Es kann nicht immer nur mutige HelleWecKs geben", sagte sie stets. „Wir brauchen auch welche wie dich: HelleWecKs, die gut planen können und die erst einmal nachdenken, bevor sie was tun." Aber dann tu ich doch sowieso nur das, was Schräubchen sagt, dachte Rädchen nur.

So folgten sie ihrem Trampelpfad, der sie geradewegs zu Leon und Lena in den Glitzerpalast führte.

Einige Stunden später waren sie schon wieder unterwegs. Dieses Mal allerdings zu sechst. Die Leute, die ihnen entgegenkamen, sahen jedoch nur vier Personen.

Die Eltern gingen voraus und Leon und Lena folgten ihnen. Doch in den Jackentaschen der beiden Kinder steckten unentdeckt die beiden HelleWecKs. Man hätte schon ganz genau hinsehen müssen, um die beiden vorwitzigen Nasen entdecken zu können, die aus den Taschen der Kinder herausschauten: Rädchen steckte in Leons Tasche, Schräubchen in Lenas.

Immer wieder blickten die Eltern verstohlen um sich, visierten die beiden ausgebeulten Taschen ihrer Kinder an, um sich dann wieder umzudrehen und miteinander zu tuscheln.

Schräubchen musste laut lachen, als sie an den Zeitpunkt zurückdachte, an dem die Eltern die beiden HelleWecKs zum ersten Mal gesehen hatten. Sie hatte noch nie jemanden erlebt, der so große Augen machen konnte. Und zum ersten Mal hatte sie Erwachsene stottern gehört. Stottern aus lauter Verblüffung. Die Eltern hatten einfach keine Worte gefunden, als sie auf der Terrasse Schräubchen und Rädchen zwischen den Tassen und der Kanne erblickt hatten. Und es war Schräubchen gewesen, die das erste Wort gesprochen hatte. Denn Rädchen hatte es ebenfalls die Sprache verschlagen.

„Guten Tag!" Das war das Erste, was Schräubchen eingefallen war. „Wir sind die HelleWecKs. Wir beißen nicht, wir zwicken nicht und wir sind nicht giftig. Obwohl wir mit unseren gelben Haaren vielleicht so aussehen."
Das hatte ein Lächeln auf die Gesichter der Eltern gezaubert und schnell war alle Angst verflogen.

Nun war das alles schon einige Stunden her. Sie hatten draußen, am Kaffeetisch des Glitzerpalastes, ohne Unterbrechung miteinander geredet. Die Eltern hatten alles wissen wollen von den Helle-WecKs und die beiden hatten ihnen gerne alles erzählt.

Rädchen hatte ihnen sogar den Tarnungstrick mit den aufgestellten gelben Haaren vorgeführt und für seine Löwenzahndarbietung viel Applaus von den Menschen erhalten.

Als Schräubchen schließlich von ihrem Problem berichtet und die Menschen um ihre Hilfe gebeten hatte, da war der Vater aufgesprungen: „Natürlich helfen wir euch gern", hatte er versprochen. „Und zuerst solltet ihr euch ansehen, wie wir Menschen Häuser bauen. Kommt mit! Ich habe eine Idee, wo wir damit am besten beginnen."

Schräubchen und Rädchen wurden in den Jackentaschen der Kinder versteckt, obwohl es jetzt, mitten im Sommer viel zu warm für diese Jacken war, und dann waren sie gemeinsam aufgebrochen.

Sie waren unterwegs zu einem Neubaugebiet, ganz in der Nähe des Waldes, und der Vater erklärte. „Dort vorn in den Straßen gibt es jede Menge neue Häuser. Manche Häuser sind schon fast fertig, bei anderen wird gerade erst mit dem Bauen begonnen. Hier kann ich euch zeigen, wie wir Menschen unsere Häuser errichten."

Sie bogen um die Ecke und tatsächlich: Schräubchen und Rädchen wussten gar nicht, wohin sie zuerst schauen sollten. Überall waren Menschen bei der Arbeit, die meisten mit Werkzeug, das die beiden noch nie gesehen hatten. Und überall brummten, rappelten, summten Maschinen, manchmal riesig große, manchmal eher kleine.

„Schräubchen, sieh doch mal!", rief Rädchen und zeigte mit seinen kleinen Fingern auf einen gelben Kran, der gerade eine Ladung Steine von einem Lastwagen hob.

„Und sieh mal dort", rief Schräubchen und wies auf einen Betonmischer, der mit laufendem Motor neben einem halb fertigen Haus stand.

„Und guck mal da vorne!"

„Und schau mal dahinten!"

„Hast du das da drüben schon gesehen?"

„Nein, ich sehe mir gerade das daneben an, zum Hammer noch mal."

„Ihr müsst aufpassen", lachte die Mutter. „Sonst gehen euch die Augen noch über!" Und die beiden HelleWecKs stimmten in das Lachen mit ein.

„Das ist alles so aufregend", rief Schräubchen und Rädchen machte plötzlich ein sehr ernstes Gesicht und brummte in der Stimme des HelleWecKs-Meisters: „Schon wieder aufregend. Immer ist alles aufregend. Seht euch um, was ihr Aufregendes angestellt habt", worauf die beiden HelleWecKs wieder in schallendes Gelächter ausbrachen.

Doch schon bald juckte wieder einmal Schräubchens neugierige Nase. Sie wollte alles erklärt bekommen. Jetzt. Hier. Sofort.

Der Vater nickte und führte die Gruppe zu einer Baustelle, auf der allerdings noch nicht viel zu sehen war. Einige Arbeiter standen vor einem großen Feld, das von langen, schmalen Holztafeln eingefasst war.

„Die Leute, die ihr dort seht, sind Maurer", erklärte der Vater. Um nicht aufzufallen, tat er so, als spreche er mit seinen Kindern, und Schräubchen und Rädchen hörten heimlich aus den Jackenta-

schen heraus mit gespitzten Ohren zu und sahen sich alles mit riesigen Augen an. „Maurer sind stets die Ersten an einer Baustelle. Sie bereiten alles für den Bau des Hauses vor. So wie diese beiden. Sie haben vorhin die Schalung erstellt. Die brauchen wir für das Fundament aus Beton und viel später für den Estrich."

„Halt!", rief Schräubchen aus ihrem Versteck in der Jackentasche. „Das sind ja viel zu viele schwierige Wörter auf einmal. Diese Maurer brauchen Schalen für ein Flummatent, weil der Esstisch gebracht wird? Das verstehe ich nicht, zum Hammer noch mal."

Der Vater lachte. „Entschuldigt. Für mich sind das alles ganz gewöhnliche Begriffe. Ich habe wohl vergessen, dass das für euch alles völlig neu ist. Ein Fundament ist wie ein harter Grund, auf den später das Haus gestellt wird. Und der Estrich sorgt für einen glatten Boden im Haus."

„Hm, wenn ich das richtig verstehe", schaltete sich Rädchen ein, „dann ist das wie Kuchenbacken. Es gibt eine Schalung für das Fundament, so wie es eine Form für einen Kuchenboden gibt. Und darauf kommt dann das Haus – so wie beim Kuchen die Beeren."

Der Vater lachte auf. „So habe ich das zwar noch nie gehört, aber du hast Recht. So kann man das vergleichen."

„Das alles ist hochinteressant", erwiderte Rädchen begeistert und Schräubchen kicherte: „Geradezu aufregend, nicht wahr?"

So erklärte der Vater nun in Ruhe, wie Maurer eine Baustelle erst vorbereiten, dann aus Beton ein Fundament erstellen, auf das sie später ihre Steine setzen, um die Wände des Hauses hochzuziehen. Dabei führte er seine Familie mit den HelleWecKs an verschiedenen Baustellen vorbei, wo sie alle Handgriffe beobachten konnten. Zum ersten Mal in ihrem Leben sahen die beiden HelleWecKs eine Wasserwaage, ein Lot und eine Kelle. Sie beobachteten, wie die Steine aufeinandergesetzt und mit Mörtel verbunden wurden.

Das alles war so völlig anders als das, was ihnen Amboss gezeigt hatte, und sie konnten gar nicht genug davon sehen.

„Wir benutzen Steine nur, um sie über den Bach hüpfen zu lassen", grübelte Rädchen und der Vater erklärte ihm, dass die Menschen vor allem deshalb mit den Steinen bauen, weil sie besonders fest und stabil sind.

„Stabil!", rief Schräubchen aus. „Das ist doch genau das, was wir brauchen: ein stabiles Zuhause für unseren Meister. Dann kann das Wildschwein kommen, so oft es will. Dann kann nichts mehr geschehen, zum Hammer noch mal."

Der Vater nickte. „Wenn ihr mauern wollt, lasst uns keine Zeit mehr verlieren", schlug er vor. „Lasst uns anfangen! Ich helfe euch gern."

„Übrigens", hob Schräubchen noch schnell an und ihre Stimme klang zum zweiten Mal an diesem Tag sehr geheimnisvoll. „Ich habe gehört, dass früher, also vor richtig langer Zeit, als …"

Doch Rädchen winkte ab. „Wir haben jetzt keine Zeit für deine Geschichten, Schräubchen. Lass uns mauern gehen!"

Spät am Abend besahen sie sich ihr Werk. Den ganzen Nachmittag hatten sie gearbeitet. Allerdings nur Schräubchen und Rädchen. Ihre Ehre verbot ihnen, die Menschen mit Hand anlegen zu lassen.

„Wir haben dem Meister versprochen, dass *wir* sein Heim einrichten", hatte Schräubchen erklärt. „Wenn ihr mitarbeitet, dann ist es nicht ehrlich, versteht ihr?"

Natürlich hatte die Menschenfamilie verstanden. Aber hier und da hatten sie doch eingreifen müssen, um die HelleWecKs zu unterstützen. Die Wasserwaage war viel zu groß für die beiden HelleWecKs. Und manche Handgriffe gelangen auch nicht sofort. Hier waren die Menschen gefragt.

Der Vater hatte alles organisiert, was die beiden Handwerker benötigten: eine Flasche Wasser, einen Beutel voller Trockenzement, ein wenig Sand, einen Gipsbecher und eine kleine Spachtel. Für die kleine Fläche unter der Wurzel reichte dies völlig aus. Dann hatte er den HelleWecKs gezeigt, wie man alles benutzt, und schließlich die Arbeiten der beiden überwacht.

Leon und Lena hatten den HelleWecKs das Material gereicht. Auch für sie war es interessant zu beobachten, was hier an der Fichte alles entstand.

Der Boden der Wurzelbehausung war nun mit einer glatten Schicht Estrich bedeckt und vor dem Eingang hatten Schräubchen und Rädchen mit viel Mühe eine Treppe aus Beton errichtet, der in der Schalung vor sich hin trocknete.

„Das sieht klasse aus", rief Leon begeistert, doch blitzschnell hielt der Vater ihm den Mund zu. „Psst! Wir dürfen nicht entdeckt werden!"

Er hatte den ganzen Tag Mühe gehabt, sich hinter dem Hügel zu bücken, sodass die HelleWecKs im Tal ihn nicht entdecken konnten. Zum Glück stand die Fichte ein gutes Stück vom HelleWecKs-Tal entfernt.

Schräubchen und Rädchen freuten sich allerdings sehr über Leons lautstarkes Kompliment. Sie waren den Menschen dankbar für alle Hilfe. Doch vor allem waren sie müde. Richtig müde. Und obwohl Leon es nicht zugeben wollte: Auch er sah erschöpft aus.

Also verabschiedeten sich die Freunde voneinander und jeder ging nach Hause.

Waldspuren zu einer ungeheuerlichen Entdeckung

„Oh nein!"
Der Schreck war groß, als Schräubchen und Rädchen früh am nächsten Morgen die Fichte am Hügel erreichten. Mit Entsetzen blickten sie auf ihre Baustelle: Die schöne Treppe, die die beiden mit so viel Mühe und Liebe gebaut hatten, war zerstört. Das Holz der Schalung lag rund um die Fichte verteilt am Boden. Grauer Beton haftete noch an ihnen. Selbst der Estrichboden, der gestern schön glatt den Wurzelboden bedeckt hatte, wies riesige Löcher auf. An den Rändern steckten winzige Stöckchen darin.

„Was ist denn hier passiert?" Rädchen hatte Mühe, die Worte auszusprechen.

„Nicht WAS ist hier die Frage, sondern WER", widersprach Schräubchen. „Wer hat uns das angetan, zum Hammer noch mal?"

Sie ging um die Fichte herum und inspizierte alles ganz genau. Es gab keine vernünftige Erklärung, wer das getan haben sollte. Und vor allem: Warum?

Plötzlich wurde das HelleWecKs-Mädchen in seinen Gedanken unterbrochen. „Komm her!", rief Rädchen. „Komm schnell hierher!"

Schräubchen rannte dorthin, wo einst die Begrenzung ihrer kleinen Treppe gewesen war. Rädchen zeigte aufgeregt auf die Erde. „Siehst du auch, was ich sehe?"

Tatsächlich! Dort, im Waldboden, waren winzige Estrichtröpfchen zu sehen.

Und direkt daneben: ein Fußabdruck!

„Aha. Soso. Verstehe", murmelte Schräubchen grüblerisch. Sie hielt ihren Fuß daneben. „Hm, gestern war jemand hier, der eindeutig größere Füße hat als wir."

„Aber wer denn?"

„Das werden wir bald wissen!"

Neben dem ersten Fußabdruck hatte Schräubchen noch einen zweiten erblickt. Und nicht weit davon einen dritten. Sie drückte einige herabhängende Äste zur Seite und entdeckte eine ganze Spur. Eine Spur grauer Fußabdrücke aus Estrich, die in den Wald führte.

„Komm mit!"

Sie nahm ihren Bruder an der Hand und zog ihn, immer den Fußspuren folgend, in den Wald. „Derjenige, der gestern Nacht hier gewesen ist, hat auf jeden Fall keine Ahnung vom Bauen", erklärte sie dabei. „Er hat wohl nicht gewusst, dass Estrich einige Stunden zum Trocknen braucht. Und dadurch hat er uns diese Spur gelegt."

„Glaubst du wirklich, dass wir allein der Spur nachgehen sollten? Was erwartet uns wohl am Ende dieser Fährte?", fragte Rädchen mit dünner Stimme, doch statt einer Antwort zischte Schräubchen ihm nur zu: „Psst! Da vorne! Ich hör was!"

Sie legten sich flach auf den Boden und krochen langsam auf die Geräusche zu: Lachen und Kichern und etwas, das klang, als versuchte jemand zu singen.

Hinter einem Strauch hielten sich Schräubchen und Rädchen versteckt. Vorsichtig zog Schräubchen einige Äste zur Seite und dann sahen sie es: eine Gruppe von Waldwesen, etwa so groß wie die beiden HelleWecKs. Die Geschwister waren überrascht zu sehen, dass diese dort ebenfalls gelbe Haare hatten und den HelleWecKs sehr ähnlich sahen.

Und dann auch wieder nicht.

Alle hatten struppige Haare und einige hatten struppige Bärte. Ihre Kleider waren zerrissen und ihre Füße verschmutzt. Eines dieser Wesen, das gerade um ein Feuer tanzte, hatte graue Fußsohlen, das konnten die beiden HelleWecKs genau erkennen.

„Siehst du, er war letzte Nacht an unserer Baustelle", flüsterte Schräubchen. „Bestimmt war er nicht alleine. Alle diese Strolche

waren vermutlich da. Und ganz bestimmt auch in der Nacht zuvor. Die dort haben unsere Arbeit zerstört. Die Mauer, den Estrich und unsere Stabibibi ..."
„Stabilität", half Rädchen.
„Sag ich doch."
„Aber warum haben sie das getan?", grübelte Rädchen flüsternd. „Und vor allem: Wer sind die Kerle?"
„Ich weiß es auch nicht", war die Antwort. „Aber ich denke, wir haben genug gesehen. Lass uns zurückgehen."
Behutsam schob Schräubchen die Zweige wieder vor und die beiden krochen zurück. Dabei trat Rädchen versehentlich auf einen dünnen Ast, sodass es laut knackte.
Sofort hatte das Singen und Lachen auf der anderen Seite des Gebüschs ein Ende.
„Ist da jemand?", rief eines dieser Wesen zornig.
Rädchen hielt den Atem an. Er wäre vor Angst am liebsten gestorben. Doch Schräubchen hielt schnell ihre Fäuste vor den Mund und machte „Huu-huu" wie eine Eule und das Lachen setzte wieder ein.
„Puh!", Rädchen atmete erleichtert aus. Noch nie hatte seine Schwester ihn so blass gesehen.
„Komm!"

Ihr Weg führte sie zu Amboss, der gerade dabei war, die letzten Handgriffe an der Brücke anzulegen. In den letzten beiden Tagen hatte er sie aufwändig repariert und war nun beinahe fertig.
„Amboss!"
„Oh, meine beiden Fast-Gesellen", lachte er. „Wie kommt ihr voran an eurer ..." Er stockte, als er in die aufgeregten Gesichter der beiden HelleWecKs blickte. „Ist was?"
Schnell begann Schräubchen zu berichten, was sie erlebt hatten. Von dem Estrich erzählte sie allerdings nichts.

„Wie sahen die Kerle aus?"

Es fiel Rädchen nicht schwer, sie Amboss zu beschreiben. Die Gesichter dieser garstigen Kerle würde er bestimmt so schnell nicht vergessen.

Amboss blickte die beiden erstaunt an und pfiff durch die Zähne. „Bei allen Axthieben und Hobelspänen – ihr habt das Lager der Pfuschels entdeckt!"

„Was?", Schräubchen kratzte sich am Kopf. „Ich dachte immer, das seien nur Geschichten."

„Von wegen", rief Amboss aus. „Geschichten. Diese Kerle gibt es wirklich. Ihr habt sie ja selbst gesehen!"

„Und es stimmt alles, was man von ihnen hört?"

„Alles! Dass sie eigentlich auch HelleWecKs sind, das stimmt. Aber es stimmt auch, dass sie ganz anders sind als wir. Arbeit interessiert sie überhaupt nicht. Sie drücken sich am liebsten vor jeder Aufgabe oder sie pfuschen herum, dass einem angst und bange wird. Sie leben irgendwo im Wald, in verlassenen Höhlen oder Gruben. Weil sie neidisch sind auf das, was wir leisten, pfuschen sie uns dauernd ins Handwerk. Sie vernichten Dinge, die wir bauen, oder zerstören unser Werkzeug. Aber so gemein wie jetzt sind sie noch nie gewesen. Bestimmt haben sie davon gehört, was ihr beiden allein schaffen wollt, und das möchten sie verhindern. Bisher konnten wir ihnen nicht das Handwerk legen. Aber jetzt ..."

Er blickte den Geschwistern fest in die Augen. „Jetzt haben wir vielleicht eine Chance."

„Aber – aber, was sollen wir denn jetzt tun?", erkundigte sich Rädchen und Amboss sagte bestimmt: „Kümmert ihr euch um eure Baustelle. Ich kümmere mich um die Pfuschels. Ihr müsst mir nur zeigen, wo sie sich verstecken."

„Gerne", antwortete Schräubchen. „Und ich denke, Rädchen und ich werden in der nächsten Zeit auf der Baustelle schlafen. Das hält die Pfuschels vielleicht fern."

„Eine sehr gute Idee", lobte Amboss. „Sie sind nämlich auch feige, diese Plagegeister. Wenn sie euch sehen, kommen sie eurer Baustelle nicht mehr zu nahe. Aber los jetzt: Zeigt mir das Versteck. Ich kann es kaum noch erwarten, die Kerle zu sehen."

Und damit ließ er sich von Schräubchen und Rädchen in den Wald führen.

Es brauchte Stunden, bis die Verwüstungen an der Baustelle wieder beseitigt waren. Zusammen mit Leon und Lena brachten die beiden HelleWecKs alles wieder in Ordnung. Zum Glück hatten sie ja jetzt ein wenig Übung im Mauern, dadurch verlief alles etwas schneller. Denn auch in diesem Fall wollten die beiden wieder alles allein errichten. Leon und Lena ließen es sich aber nicht nehmen, Material vorzubereiten und im passenden Moment weiterzureichen. Aber auch damit waren die beiden eine riesengroße Hilfe.

Zum Abschluss des Tages errichteten Schräubchen und Rädchen ein Zelt aus mehreren riesigen Ahornblättern. Hier würden sie also in den nächsten Wochen ihre Nächte verbringen.

Es sah weder einladend noch gemütlich aus, doch die beiden HelleWecKs waren zu müde, um sich weiter Gedanken darüber zu machen. Aus ihrem Zuhause nahmen sie ihre Decken, richteten sich in dem Zelt aus Ahornblättern ein und kurz darauf waren sie eingeschlafen.

Doch für Schräubchen währte der Schlaf nicht lange. Mitten in der Nacht wurde sie von einem Geräusch geweckt. Dicht vor ihrem Zelt bewegte sich etwas. Sie hörte Schritte. Jemand schlich an die Baustelle heran. Schräubchen spitzte die Ohren. Es war bestimmt nur eine Person, die dort schlich. Aber wer?

Vorsichtig kroch sie unter ihrer Decke hervor, legte eine Hand unter ein Blatt ihres Zeltdaches, hob eine Ecke des Blattes an und lugte darunter hervor.

Tatsächlich: Jemand schlich um die Baustelle herum.

Schräubchen konnte allerdings nicht viel erkennen. Erst als derjenige wieder dicht an dem Zelt vorbeischlich, erkannte Schräubchen mit Schrecken die schmutzigen Füße und die zerrissene Hose.

Sie hatten Besuch von einem Pfuschel!

Es lief Schräubchen eiskalt den Rücken hinunter. Was tat er hier? Und wieso war er alleine? Kamen die anderen vielleicht auch noch?

Sie beobachtete, wie die Füße sich entfernten, als plötzlich etwas aufblinkte. Schräubchen sah genauer hin und entdeckte an dem rechten Fußknöchel des Pfuschels eine Kette. Sie glitzerte im Mondlicht, doch Schräubchen konnte nicht erkennen, woraus sie gefertigt war.

Der Pfuschel ging um die ganze Baustelle herum, dann entfernte er sich endlich und Schräubchen atmete erleichtert aus.

Was hatte das zu bedeuten? Was hatte der Pfuschel hier gewollt?

Sie traute sich nicht nachzusehen. Stattdessen lag sie die ganze Nacht wach und dachte darüber nach, ob sie und ihr Bruder hier wirklich sicher waren.

Ein Geheimnis – ins Ohr geflüstert

Schräubchen wagte am Morgen nicht, die Augen zu öffnen. Sie hatte Angst davor, wieder einiges zerstört vorfinden zu müssen von dem, was sie gestern erbaut hatten. Was hatte dieser Pfuschel wohl angestellt?

Sie seufzte. Doch irgendwann gab sie sich einen Ruck. Sie öffnete erst das eine, dann das andere Auge und blickte direkt auf die Ahornblätter über ihr.

Gespannt kroch sie aus dem Zelt, rieb sich noch einmal die Augen, dann blickte sie sich auf der Baustelle um, bevor sie hastig ins Zelt zurückkroch, um ihren Bruder zu wecken.

„Rädchen, Rädchen, wach auf!"

Der murmelte etwas Undeutliches und drehte sich auf die Seite.

„Wach auf und sieh dir an, was ..."

Mit einem Schlag war Rädchen hellwach und saß aufrecht auf seinem Lager.

„Wieder alles kaputt?", fragte er nur schnell, doch Schräubchen lächelte ihn an, bog ein Ahornblatt zur Seite, sodass Rädchen hinausschauen konnte, und zeigte auf die Wurzel.

„Nein, alles noch heil!"

Nichts war geschehen in dieser Nacht. Die Treppe stand noch wie vorher und der Estrichboden unter der Wurzel trocknete still vor sich hin.

Ihr Plan hatte anscheinend funktioniert. Auch wenn die Nacht unter dem Dach aus riesigen Ahornblättern direkt vor der Baustelle alles andere als bequem und der Schlaf alles andere als tief gewesen war, hatte es sich gelohnt. Der Pfuschel hatte wohl nicht gewagt, die Baustelle anzurühren.

„Denen haben wir 's gezeigt, zum Hammer noch mal", triumphierte Schräubchen. Sie erwähnte ihre nächtliche Beobachtung mit keinem Wort. Warum sollte sie ihrem Bruder auch Angst machen, wo doch nichts geschehen war. Doch so richtig sicher fühlte sie sich nicht. Würde der Pfuschel wiederkommen? Oder würde er sogar Verstärkung mitbringen?

Schräubchen versuchte die düsteren Gedanken zu vertreiben, indem sie an ihre Arbeit an der Baustelle dachte. „Komm, Rädchen, aufstehen. Wir haben noch viel zu tun."

„Aufstehen?", jammerte Rädchen. „Ich soll aufstehen? Noch nicht einmal die Sonne ist aufgestanden. Warum soll ich armer HelleWecKs denn ..."

„Leon sagte gestern, dass sein Vater Urlaub hat und in den nächsten Tagen zu Hause ist. Er kann uns helfen. Wir können nicht einfach hier auf der faulen Haut liegen und ..."

„Ja, ja, das hab ich verstanden", brummte Rädchen. „Ist ja schon gut."

Mit viel Mühe schälte er sich aus seinem unbequemen Lager, dann folgte er Schräubchen in Richtung Trampelpfad.

„Glaubst du denn wirklich, wir können das alles schaffen?", fragte er unterwegs. „Die neue Wohnstätte in 60 Tagen, den Ärger mit den Pfuschels? Mir tun jetzt schon alle Knochen weh."

„Einfach nicht darauf achten", riet Schräubchen. „Denk an das, was wir bisher geschafft und geleistet haben." Rädchen rief sich die wunderschöne Treppe vor der Fichte ins Gedächtnis und nickte. Das half tatsächlich.

Kurz darauf hatten sie den Glitzerpalast erreicht. Leon und Lena warteten schon vor der Tür. Schräubchen blickte an dem riesigen Haus empor. „Das ist sooooooo schön", sagte sie, bestimmt zum tausendsten Mal, seit sie es entdeckt hatten. „Findest du es nicht auch irgendwie – aufregend?"

Sie bemerkte gar nicht, wie Rädchen bei diesem Wort die Augen verdrehte.

„Wollt ihr nicht mal reinkommen?", lud Lena die beiden HelleWecKs ein. „Ihr könnt euch gerne alles anschauen."

Doch Schräubchen winkte schnell ab. „Lieber nicht", meinte sie. „Nachher bin ich enttäuscht, wenn es innen nicht so schön ist wie außen. Und das kann es ja fast gar nicht. Denn von außen ist es wunder-wunder-wunderschön."

Lena zog die Schultern in die Höhe. „Wie ihr meint. Ich rufe dann mal meinen Vater." Damit verschwand sie im Haus.

Wieder führte der Vater sie zu dem Neubaugebiet, in dem die vielen Häuser entstanden.

„Heute zeige ich euch einmal, was ein Zimmermann so macht", sagte er.

„Zimmermann?" Schräubchens Vorwitznase juckte. „Das klingt nett. Was machen die denn?"

„Sie arbeiten vorwiegend mit Holz und …"

Schräubchen klatschte in die Hände. „Mit Holz? Dann sind wir ja heute schnell fertig hier. Mit Holz kennen wir uns nämlich bestens aus, nicht wahr Rädchen?"

Doch es brauchte nicht lange, da kamen die beiden wieder einmal nicht aus dem Staunen heraus. Das Holz war dasselbe, wie es die HelleWecKs auch benutzten, doch die Art der Bearbeitung war bei den Menschen völlig anders. Hier wurde nicht mühsam mit kleinen Äxten, Hobeln und Beilen gearbeitet. Die Zimmerleute hatten vor jeder Baustelle laute Maschinen aufgebaut, mit denen sie schneller und viel genauer das Holz bearbeiten konnten. Gerade Schnittkanten oder saubere Ecken, das kannten die HelleWecKs bisher nicht. Doch für die Zimmerleute waren diese Dinge kein Problem.

„Da können wir doch noch was lernen, oder?", flüsterte Rädchen und Schräubchen nickte aufgeregt. Vor allem die lauten Maschinen hatten es ihr angetan.

Der Vater erklärte ihnen, was ein Dachstuhl ist, und die beiden staunten, wie geschickt sich die Zimmerleute darauf bewegten.

Scheinbar ohne jede Höhenangst liefen und knieten die Männer auf den dicken Balken und bereiteten alles für die Dachbedeckung vor.

Schräubchen beobachtete sie ganz genau. Nicht eine einzige Bewegung, nicht ein Handgriff der Zimmerleute entging ihr.

Nur einmal, da kletterte sie geschickt aus Lenas Tasche und zog sich am Jackenärmel des Vaters in die Höhe, bis sie sein Ohr erreicht hatte.

„Eine Sache machen wir aber ganz anders", flüsterte sie und zeigte auf einen Zimmermann, der gerade einen langen Balken an dem Trägerbalken befestigte. „So etwas machen wir vollkommen anders."

„So?", fragte der Vater erstaunt.

Schräubchen beugte sich nahe an sein Ohr heran und flüsterte: „Wir mischen aus dem Harz des Baumes und aus Bienenhonig einen ganz besonderen Kleister, den wir erst auftragen, bevor wir …"

Der Vater hörte gespannt zu, als Schräubchen ihm die Technik der HelleWecKs erklärte, mit der sie Holzteile ineinander verankerten. Zwar hatten sie nicht diese wunderschönen geraden Balken, aber auch im HelleWecKs-Tal mussten immer wieder Holzgerüste erstellt werden und dabei gingen sie ganz anders vor.

Verblüfft zog der Vater schließlich die Augenbrauen in die Höhe. „Das ist eine hervorragende Technik!", rief er aus. „Das muss ich mir sofort notieren und merken! Danke, Schräubchen."

Stolz rutschte das HelleWecKs-Mädchen den Ärmel hinunter und verschwand wieder in Lenas Tasche. Sie war glücklich, dass dieses Mal sie den Menschen etwas Neues hatte erklären können.

Der Vater zückte einen Notizblock, notierte alles ganz genau, was er von Schräubchen gehört hatte, dann zeigte er den beiden vergnügt, wie Zimmerleute in einem der Häuser eine Wand aus Holz herstellten.

„Was meint ihr zwei, wäre das nicht was für die Höhle eures Meisters? Wände, mit denen sein Zuhause ein wenig aufgeteilt wird?"

Ein Zuhause aufteilen? Das mussten sich die beiden HelleWecKs erst einmal richtig vorstellen. Bisher bestanden die HelleWecKs-Wohnstätten nur aus einem einzigen Raum, in dem ein Bett, Stühle, ein Tisch und vielleicht eine kleine Feuerstelle untergebracht waren. Und jetzt sollte das Heim des Meisters aufgeteilt werden?

„Wir könnten einen Raum zum Schlafen und einen zum Essen einrichten", schlug der Vater vor. „Einen zum Waschen und einen …"

Die HelleWecKs klatschten in die Hände. „Das klingt hammermäßig gut", rief Schräubchen aus und Rädchen nickte eifrig. „Das wollen wir haben!"

Also beobachteten sie wieder genau jeden Handgriff der Zimmerleute und prägten sich alles ein.

Leon wurde beauftragt, in den Wald an die Fichte zu laufen, um die Höhle auszumessen, damit der Vater von den Zimmerleuten das Holz für die Wände entsprechend zuschneiden lassen konnte. „Wir wollen doch gerade Wände haben, oder nicht?", bot er an. „Und außerdem erspart ihr euch eine Menge Arbeit und Zeit, wenn wir hier alles vorbereiten lassen."

Er besorgte noch Nägel und Schrauben, dann machten sie sich gemeinsam auf den Weg in den Wald zur alten Fichte.

Als sie am Glitzerpalast vorbeikamen, rannte der Vater ins Haus und kam kurz darauf mit einer winzigen, prall gefüllten Tasche wieder heraus. Er drückte sie Schräubchen in die Hände. „Hier, sieh mal. Davon legt ihr in jede Wand eines."

Schräubchen warf einen Blick in die Tasche und stutzte. „Schlangen? Wir sollen Schlangen in unsere Wände legen?"

Der Vater tat sehr geheimnisvoll. „Wenn du es so nennen willst, gerne. Baut diese ‚Schlangen' in die Wände ein. Ich habe nämlich

eine Idee und wenn mir das gelingt, werden wir die ‚Schlangen' in den Wänden brauchen."

Schräubchen verstand kein Wort. Sie blickte noch einmal in die Tasche. Was konnte das nur sein? Merkwürdig sah es aus. Wie schlafende Schlangen. Und es roch auch sehr komisch.

„Warte ab!", ermunterte sie der Vater. „In einigen Tagen wirst du wissen, was das ist."

Schräubchen zuckte mit den Schultern. Sie verstand noch immer nichts, doch sie vertraute ihren Menschenfreunden und fragte nicht weiter nach.

An der Fichte angekommen, machten sie sich gleich an die Arbeit. Die Menschen beaufsichtigten alle Handgriffe der HelleWecKs und gaben Ratschläge. Diesmal mussten sie sich nicht mehr gegenseitig daran erinnern, immer ein wenig gebückt zu bleiben und leise zu sprechen, denn es war ihnen schon selbstverständlich geworden.

An diesem Abend krochen Schräubchen und Rädchen nicht sofort in ihre unbequemen Schlafnester in dem Zelt aus Ahornblättern. An diesem Abend besuchten sie noch einmal Amboss.

„Na, wie kommst du voran?", erkundigte sich Rädchen, noch bevor sie sich richtig begrüßt hatten. „Weißt du schon, was du mit den Pfuschels anstellen willst?"

Amboss rieb sich das Kinn. „Na, so ganz sicher bin ich mir noch nicht. Ich habe zwar schon eine erste Idee, aber ..." Er stockte. „Ihr seht ganz schön müde aus, ihr zwei. Ist alles in Ordnung mit euch?"

Schräubchen und Rädchen nickten erschöpft.

„Hm, so ganz kann ich das noch nicht glauben. Ich mache mir langsam Sorgen. Ihr habt euch wirklich sehr viel zugemutet. Aber wenn ihr Hilfe braucht ..."

Wir haben ja Hilfe, dachte Schräubchen und zu gerne hätte sie Amboss davon erzählt. Sie mochte ihren Ausbilder sehr gern und vielleicht hätte er auch gerne gesehen, wie alles unter der Fichte wuchs und sich veränderte.

Und plötzlich platzte es aus ihr heraus: „Du, Amboss, früher – also ganz früher, da ..."

Rädchen wusste zwar nicht, was genau Schräubchen erzählen wollte, doch er verstand sofort, dass sie nahe daran war, ihr Geheimnis auszuplaudern. Daher sprang er ihr blitzschnell zur Seite, legte eine Hand auf ihren Mund und sagte: „Früher – da war auch nicht alles besser, oder?"

„Nee", erwiderte Amboss. „Das war es nicht. Aber was ..."

„Nichts", rief Rädchen. „Gar nichts. Wir sind wohl nur sehr müde und müssen mal schlafen gehen."

„Wenn ihr meint", erwiderte Amboss noch, dann ging er ein Stück mit den beiden durch das Tal der Hundert Wasser. In den kleinen Behausungen brannten die Kerzen, aus manchen Häuschen drang der Duft von frischem Apfelkompott zu ihnen hinüber, aus anderen Kinderlachen oder die Klänge einer Familie, die fröhlich das HelleWecKs-Lied miteinander sang.

Schräubchen seufzte. Wie gerne würde sie wieder hier wohnen, im Tal, statt dort drüben an der Fichte. Hatten sie sich wirklich zu viel zugemutet, wie Amboss sagte?

Rundherum kunterbunt

„Also, da können wir wirklich stolz drauf sein!"
Alle Erschöpfung und alle Unsicherheit waren verschwunden, als am nächsten Morgen die Sonne auf die Wurzel schien und alles in hellem Licht erstrahlen ließ, was die beiden HelleWecKs am Tag zuvor gebaut hatten: das Holzdach an der Seite der Wurzel und die Wände, die nun die ganze Wohnung in vier Zimmer aufteilte. Aber – aber was war denn das? Hatte da nicht jemand ... Das konnte doch nicht sein!

Schräubchen führte Rädchen an die Seite der Wurzelhöhle und zeigte auf das Holzdach, das sie erbaut hatten. Ganz deutlich waren Kratzer daran zu erkennen und tiefe Einkerbungen. Jemand musste mit einem harten Gegenstand daraufgeschlagen haben.

Jemand?

Den beiden HelleWecKs wurde es mulmig zumute. Das konnte nur bedeuten, dass die Pfuschels in der Nacht wieder da gewesen waren, um die Arbeit zu behindern.

Schräubchen war wütend. Sie musste so erschöpft gewesen sein, dass sie den Angriff der Pfuschels verschlafen hatte!

Weder ihr noch Rädchen war es wohl bei dem Gedanken, dass sie gestern Nacht diesen garstigen Besuch gehabt hatten, ohne etwas davon zu bemerken. Aber sie waren dennoch stolz, dass ihre Konstruktion den Attacken standgehalten hatte.

Es konnte also weitergehen. Doch bevor sie sich auf den Weg zu den Menschen machten, kniete sich Schräubchen vor eine Tanne, die dicht neben ihrem Zelt stand. Schon seit dem ersten Tag, an dem sie ihre Arbeit hier aufgenommen hatten, kam sie jeden Morgen hierher, um mit ihrem Messerchen in die Rinde eine Kerbe zu ritzen. Für jeden Tag eine Kerbe. Heute schnitzte sie die zwanzigste hinein. Zwanzig Tage waren also schon vergangen.

Sie mussten sich beeilen!

„Steckfischknoten und Handraketen?", fragte Schräubchen kurz darauf erstaunt. „Wofür soll das denn gut sein?"

Der Vater lachte auf. Er freute sich inzwischen ebenso über die Besuche ihrer neuen Freunde wie Leon und Lena. Wieder einmal saßen sie im Garten und besprachen die weitere Vorgehensweise.

„Nein, nicht Steckfischknoten und Handraketen", lachte er. „Das heißt Teppichboden und Wandtapeten. Damit können wir eure Höhle richtig gemütlich ausstatten." Aus einer Tragetüte zog er einige Teppichreste hervor. „Das hier kommt auf den Boden. Und das hier ..." Er griff hinter sich und zog eine Tapetenrolle hervor, „... kommt an die Wände."

Schräubchen und Rädchen strichen begeistert über den Stoff des Teppichs. „Das ist ja wie frisches Gras", stieß Rädchen hervor und Schräubchen meinte: „Wie frisches Gras, selbst im Winter."

„Und diese Tapete bringt die Farbe an die Wände."

Rädchen schrie vor Begeisterung auf. „Helles Grün – die Lieblingsfarbe unseres Meisters." Auch Schräubchen war hingerissen: „Und die gelben Tupfen darin – herrlich!!!"

„Dann kommt mit", sagte der Vater. „Ich zeige euch, wie man damit arbeitet."

Den Weg zum Neubaugebiet der Stadt würden Schräubchen und Rädchen inzwischen schon allein finden, so oft waren sie ihn nun schon gegangen. Aber sie liebten es, sich in den Jackentaschen der Kinder zu verstecken und mit ihnen herumzualbern. Die beiden HelleWecKs hatten Leon und Lena längst tief ins Herz geschlossen und den beiden Menschenkindern ging es ebenso.

Dennoch zogen Schräubchen und Rädchen es vor, Leon und Lena erst einmal nichts von den Pfuschels und ihren nächtlichen Besuchen zu erzählen. Sie wollten sie nicht ängstigen.

Die Gedanken an die vergangene Nacht waren schnell verschwunden, als die HellWecKs mit den beiden Kindern hinter dem

Vater in ein Haus eintraten, in dem viele Menschen gerade dabei waren, letzte Hand an die Wände und Böden zu legen.

Schräubchen beobachtete einen Mann, der eine Wand tapezierte. Noch nie im Leben hatte sie weißen Kleister gesehen. Sie merkte sich jeden Handgriff des Mannes, damit sie es später im Wald nachmachen konnte: wie er den Kleister wie Farbe auf die vorher zurechtgeschnittenen Tapeten strich und diese Bahnen dann an die Wände klebte.

Rädchen war vor allem von den Malern ganz begeistert, die mit leichter Hand die weißen Wände verzauberten, indem sie verschiedene Farben auftrugen. Jeder Raum erhielt seine besondere Note. Schnell merkte er sich, wie die Farben die Umgebung veränderten: die roten und gelben Farben ließen alles warm erscheinen, die blauen und weißen Farben wirkten eher kühl. Die Farbe der Wände bestimmte unmittelbar die Stimmung eines Raumes.

Natürlich beobachteten sie auch, wie der Bodenbelag gelegt wurde. In einigen Zimmern wurde gerade der Teppichboden ausgerollt. „Wie Gras im Winter", flüsterte Schräubchen noch einmal.

In einem anderen Zimmer wurden lange Streifen aus Holz verlegt. „Laminat", erklärte der Vater und wieder einmal kletterte Schräubchen, nachdem sie sich alles genau angesehen hatte, auf die Schulter des Vaters und flüsterte ihm ins Ohr, wie die HelleWecKs solche Holzstücke miteinander verbinden würden. Wieder hörte der Vater aufmerksam zu, dann lächelte er über das ganze Gesicht und sagte: „Das muss ich mir merken. Das muss ich mir notieren!", und zog seinen Notizblock hervor.

In den nächsten Tagen halfen Leon und Lena ihren Freunden wieder, so gut sie konnten und soweit sie es durften. Auch der Vater erschien immer wieder an der Fichte, um Hand anzulegen und Dinge zu erklären. Häufig wurde er von seiner Frau begleitet, die den HelleWecKs ebenfalls gern zuarbeitete.

Es brauchte vier Tage, bis Schräubchen und Rädchen alles so eingerichtet hatten, dass sie und die Kinder vollauf zufrieden waren.

„Wunderschön!", lobte Lena schließlich und die beiden HelleWecKs platzten beinahe vor Stolz.

„Und wie geht es jetzt weiter?", wollte Leon wissen. „Was kommt als Nächstes?"

„Als Nächstes?", erwiderte Schräubchen. „Fehlt noch was?"

„Na klar. Ich finde, jetzt könnten wir die Wohnung erst richtig pfiffig machen."

„Pfiffig? Aber sie ist doch schon schöner geworden, als wir es uns je erträumt hätten."

Leon nickte. „Das schon. Aber wie ist das mit Heizung und mit Wasser?"

„Bitte?"

„Na, was macht ihr zum Beispiel im Winter?"

„Frieren", war Schräubchens knappe Antwort und Rädchen ergänzte: „Tagsüber treffen wir uns an einem Feuer und nachts legen wir uns unter viele Decken, um nicht zu erfrieren."

Leon strahlte. „Seht ihr, das meine ich. Wie wäre es, wenn euer Meister nicht mehr frieren müsste im Winter?"

Schräubchen schüttelte den Kopf. „Das geht gar nicht."

„Doch, das geht", rief Lena aus. „Leon, das ist eine super Idee." Sie wandte sich den HelleWecKs zu. „Kommt doch morgen in unser Haus. Wir zeigen euch alles."

Schräubchen zuckte sichtlich zusammen. „In den Glitzerpalast?"

„In den Glitzerpalast!"

Verlegen blickte das HelleWecKs-Mädchen zu Boden. „Ich würde ja schon gerne, aber ..."

„Aber du hast Angst, dass unser Haus innen nicht so schön ist wie außen", unterbrach Leon. „Ich weiß. Aber wenn du es dir nicht anschaust, wirst du es nie erfahren."

Schräubchen wollte etwas erwidern, doch da fiel ihr auf, dass Leon einfach Recht hatte. Und tief in ihrem Inneren spürte sie, dass es sie eigentlich doch danach drängte, den Glitzerpalast endlich einmal von innen zu sehen.

„Also gut", sagte sie. „Wir sehen uns morgen bei euch zu Hause im Glitzerpalast."

„Klasse!", rief Lena aus und Leon gab ihr einen Stoß. „Psst, leise! Sonst hören die anderen uns noch!"

Sie schlichen davon und Schräubchen sah ihnen lange nach.

An diesem Abend konnte sie kein Auge zumachen. Wie war es wohl im Glitzerpalast? Was würde sie erwarten? Immer und immer wieder malte sich Schräubchen aus, wie es wohl hinter all dem Glitzer aussah. An Schlaf war für sie gar nicht zu denken.

Rädchen hingegen schlief tief und fest und schnarchte. Schräubchen sah ihn neidisch an. Sie hätte auch gerne ein wenig …

Plötzlich hörte sie wieder leise Schritte. Wie einige Nächte zuvor schlich jemand um ihr Zelt herum. Und wie in jener Nacht kroch Schräubchen wieder langsam aus ihrer Decke, legte sich flach auf die Erde und lugte unter der Zeltwand hervor.

Das Erste, was sie erblickte, war ein glänzendes Kettchen, das um einen schmutzigen Fuß gebunden war. Schräubchen erschrak. Es war also derselbe Pfuschel wie damals.

Sie hielt die Luft an und beobachtete den Pfuschel, wie er erst um das Zelt strich und dann auf die Baustelle zuging. Was sollte sie tun? Sie konnte doch nicht einfach so hier liegen bleiben.

Schräubchen warf einen Blick auf Rädchen. Sie stieß ihn mit einer Hand an, doch ihr Bruder schlief tief und fest. Also fasste sie einen Entschluss.

Vorsichtig kletterte sie aus ihrem Nachtlager, kroch auf dem Bauch liegend aus dem Zelt heraus und huschte hinter eine Hecke. Der Pfuschel hatte sie nicht bemerkt. Er ging um die Baustelle herum. Und immer wieder warf er einen Blick in den Wald.

Schräubchen beobachtete jede seiner Bewegungen, doch sie konnte sich nicht erklären, was dort vorging.

Schließlich wandte sich der Pfuschel ab und ging zurück in den Wald. Schräubchen folgte ihm. Sie näherte sich ihm kaum, hielt gerade so viel Abstand, dass sie ihn im Dunkel der Nacht noch erkennen konnte. Auf keinen Fall durfte er sie erblicken. Was würde er wohl mit ihr anstellen?

Wenn Rädchen hiervon erfährt, wird er mich ausschimpfen, dachte Schräubchen noch. Ihm wäre so etwas nie eingefallen. Für Rädchen war es schon eine mutige Leistung, im Wald zu übernachten. Und sie? Sie schlich hier einem grausigen Kerl hinterher. Mitten in der Nacht. Mitten im Wald. Und ...

Sie sah ihn nicht mehr. Sie hatte ihn aus den Augen verloren.

Schräubchens Herz schlug ihr bis zum Hals. Wo war der Pfuschel nur geblieben? Was ...?

Knack!

Sie schreckte zusammen. Dicht hinter ihr war ein Ast zerbrochen worden. Schritte näherten sich!

Schräubchen lief es kalt den Rücken hinunter. Der Pfuschel musste sie bemerkt haben. Bemerkt haben und dann hatte er sie ausgetrickst. Nun war sie die Verfolgte und er ihr Verfolger.

Da – wieder ein Schritt.

In diesem Moment schüttelte Schräubchen sich. Die Radmutter in ihren Haaren löste sich und im nächsten Moment sah sie aus wie ein prächtiger Löwenzahn.

Doch keine Sekunde zu früh. Schon stand der Pfuschel auf der Lichtung und blickte sich um. Schräubchen senkte etwas den Kopf, sodass der Pfuschel ihr Gesicht nicht bemerken konnte und hoffte inständig, dass er den Trick mit der Löwenzahnblüte nicht kannte.

Der Pfuschel kam langsam auf sie zu. Schon konnte Schräubchen seine Füße erblicken. Und auch das glänzende Kettchen um sein

Fußgelenk. Es bestand aus Schraubenmuttern und kleinen Blechscheiben, die im Licht des Mondes verspielt funkelten.

Schräubchen hielt den Atem an. Gleich. Gleich würde er sie packen. Und dann würde er sie mit in das Lager der Pfuschels nehmen. Und dann ...

Sie schloss die Augen. Warum nur hatte sie Rädchen nicht mitgenommen?

Oh, Rädchen.

Da hörte sie, wie der Pfuschel sich entfernte. Langsam ging er zurück in den Wald. Schräubchen konnte hören, wie sich seine Schritte mehr und mehr entfernten. Und schließlich war es still.

Sie wartete noch einen Augenblick, dann schüttelte sie den Kopf, gab ihre Tarnung auf und sah sich um. Der Pfuschel war tatsächlich gegangen. Hatte er sie einfach stehen lassen oder kannte er die Tarnung der HelleWecKs nicht?

Fragen. Immer neue Fragen, dachte Schräubchen noch, doch dann nahm sie ihre Radmutter, knotete sich die Haare zu einem Zopf und rannte zurück zu ihrer Baustelle. Sie wollte zu Rädchen. Sie wollte an die Seite ihres Bruders zurück und diese Nacht schnellstens vergessen.

Keine Grenzen – alles ist möglich

Schräubchen erzählte ihrem Bruder nichts von ihrer nächtlichen Begegnung. Jetzt, wo sie wusste, dass der Pfuschel nichts angerührt hatte, kam sie allerdings erst recht ins Grübeln. Was hatte er dann bei ihnen gewollt? Bereiteten die Pfuschels vielleicht irgendetwas vor?

Sie musste mit Amboss sprechen! Unbedingt! Doch zuvor hatten sie eine Verabredung. Eine Verabredung im Glitzerpalast.

Schräubchen hatte einige Mühe, ihren Bruder zu wecken, doch schon kurz, nachdem die Sonne aufgegangen war, waren die beiden auf dem Trampelpfad unterwegs zu ihren Freunden.

Leon und Lena warteten schon am Waldrand.

„Ich freu mich so, dass ihr mit in unser Haus kommt", strahlte Lena, doch Schräubchen spürte einen Kloß im Hals. Was, wenn der Palast innen eine Enttäuschung sein würde? Würde sie sich dann noch immer daran erfreuen können, wenn sie vorbeispazierte? Oder wäre die ganze Freude zerstört?

Mit gemischten Gefühlen und mit einem wehmütigen Blick auf die glänzende Fassade folgte sie ihren Freunden und ihrem Bruder zu der riesigen Haustür. Am liebsten hätte sie sich eine Hand vor ihre Augen gehalten, doch das wäre sicherlich unhöflich gewesen. Sie dachte an den Tag zurück, an dem sie dem Wildschwein zum HelleWecKs-Hügel gefolgt waren. Auch an diesem Tag war das, was sie zu sehen bekommen hatte, schlimmer gewesen als das, was sie sich hätte vorstellen können.

Würde es heute hier genauso sein?

Oh, wie gerne hätte sie die Augen geschlossen!

„Kommt rein", rief Lena und hielt die Haustür geöffnet. „Fühlt euch wohl."

„Oh weh", dachte Schräubchen nur noch, dann stand sie zum ersten Mal direkt im Glitzerpalast.

Ihre Blicke glitten umher.

Es war beeindruckend. Schräubchen wusste gar nicht, wohin sie zuerst schauen sollte.

An hohen Wänden hingen große Bilder, die allesamt von kleinen Lämpchen angestrahlt wurden. Gegenüber von diesen Wänden gab es riesige Fenster, vor denen lange Lamellen angebracht waren, die gerade in der aufgehenden Sonne glitzerten.

„Das sind Solarzellen", erklärte Leon und achtete gar nicht darauf, dass Schräubchen bei dem Fremdwort die Augen verdrehte. „Damit machen wir Strom und gleichzeitig können wir die Räume abdunkeln. Ich kann es euch ja mal zeigen." Er ging zu einem kleinen, weißen Kästchen, das neben der Eingangstür hing, drückte einige Knöpfe und schon bewegten sich die Lamellen vor dem Fenster. Sie schlossen sich und in dem Zimmer wurde es düster.

„Licht?", fragte Leon und klatschte in die Hände, worauf sich sofort die Lampen an der Decke einschalteten.

Schräubchen und Rädchen wussten gar nicht, was sie sagen sollten. Das alles war unglaublich.

„Kommt, wir zeigen euch das ganze Haus", schlug Lena vor und schon bald fühlten sich die zwei HelleWecKs wie in eine Wunderwelt versetzt. Es gab Zimmer, in denen Wasser aus der Wand strömte; Räume mit wunderschönen Farben an den Wänden. In dem größten Zimmer gab es Musik, die aus einem Schrank heraus spielte, ohne dass Musiker dort saßen. Und da, wo bei den HelleWecKs mit Feuer gekocht wurde, entdeckten sie eine Herdstelle, bei der man die Hitze auf Knopfdruck regeln konnte. Über dieser Herdstelle gab es an der Wand kleine Bilder, auf denen, wunderschön gemalt, die unterschiedlichsten Früchte zu sehen waren. „Das sind Fliesen", erklärte Lena. „Sie zeigen die Früchte, die bei uns im Garten wachsen: Kirschen und Mirabellen, Äpfel und Birnen."

Im Schlafzimmer der Eltern hing ein Bild an der Wand, das sich bewegte.

„Das ist ein Fernseher", erläuterte Leon und den beiden Helle-WecKs drehten sich die Köpfe.

Lena wandte sich Schräubchen zu. „Gefällt es dir?"

Schräubchen konnte den Blick nicht von all den Dingen abwenden, als sie erwiderte: „So etwas Schönes habe ich noch nie gesehen. Das ist alles – alles ..."

„Aufregend?", ergänzte Lena und als Schräubchen heftig nickte, strahlte Lena vor Begeisterung. „Schön, dass es dir gefällt."

„Das alles wollen wir auch für unsere Meisterwohnung haben!", rief Rädchen aus und Leon lachte: „Ich dachte mir schon, dass diese Antwort kommt."

Rädchen ließ die Schultern hängen. „Das geht natürlich gar nicht. Das weiß ich auch. Aber schön wäre es schon, wenn wir ..."

„Moment. Wer sagt, dass das nicht geht?", widersprach Leon in gespielt ernstem Ton. „Das wollen wir doch mal sehen! Im Handwerk gibt es keine Grenzen, sagt Papa immer. Alles ist möglich."

Er rief seinen Vater und fragte nur: „Wann gehen wir los?"

„Ich kenne ja eure Ungeduld", erwiderte der lachend. „Deshalb habe ich die Schuhe schon an."

Ihr Weg führte sie zu einem Fliesenfachgeschäft am Rande des Neubaugebietes. „Schaut euch um und sagt mir, was euch gefällt", bot er an. Doch Schräubchen und Rädchen wussten erst gar nicht, wo sie beginnen sollten. Es gab so viele von diesen glänzenden, bunten Steinen, dass die Auswahl sehr schwerfiel. Leon und Lena berieten die beiden so gut es ging, während der Vater den Verkäufer ablenkte. Keinesfalls durfte der die beiden HelleWecKs entdecken.

Leon und Lena waren angesichts der riesigen Auswahl ebenfalls überfordert. Alles war möglich: von witzigen, kunterbunten

Wandbildern über moderne Formen bis hin zu Blumenillustrationen oder Tierabbildungen. Es gab riesige Fliesen, gleich dreimal so groß wie die HelleWecKs selbst. Und dann gab es wieder winzig kleine Fliesen, so klein, dass die beiden HelleWecKs sie in ihre Hände nehmen konnten.

Über zwei Stunden berieten sich die vier über alle Möglichkeiten und langsam gingen dem Vater die Ideen für das Gespräch aus.

Schließlich entschieden sich die HelleWecKs, das Bad der Meisterwohnung in einem satten Grün auszustatten, das dem Meister sicherlich sehr gut gefallen würde. Sie wählten im Vergleich eher kleine Fliesen, die bei den Menschen für Teile eines Musters verwendet wurden. Doch für die HelleWecKs-Wohnung waren sie ideal: ein kräftiges Grün mit dünnen braunen Streifen darin.

„Farben wie in seinem geliebten Wald", erklärte Schräubchen ihre Wahl, dann kletterten sie in die Jackentaschen der Kinder zurück.

Leon und Lena verabschiedeten sich zusammen mit ihrem Vater von dem netten Verkäufer und machten sich auf den Weg in den Wald.

„Das wird ein wunderschönes Bad", rief Lena und Schräubchen fügte begeistert an: „Das schönste Bad, das es je auf der Welt gegeben hat!" Doch dann machte sie eine kleine Pause und murmelte aus der Jackentasche heraus: „Nur eine Frage habe ich noch: Was ist eigentlich ein Bad?"

Im Wald angekommen, tobten sich die fleißigen Arbeiter so richtig aus. Die nächsten Tage und Wochen investierten sie und die Menschen einzig in die Ausstattung des Badezimmers. Immer neue Ideen förderten sie zutage und der Vater hatte seinen Spaß daran, diese ganzen Einfälle auszuarbeiten und zu helfen, wo er gebraucht wurde. Ganz allein schafften Schräubchen und Rädchen die Arbeit nun nicht mehr. Es musste gelötet und verbunden

werden, abgedichtet und verfugt. Das konnten die Geschwister nicht allein leisten und so waren sie glücklich über all die Hilfe der Menschen.

Zweimal besuchten sie gemeinsam einen Installateur auf einer Baustelle, um sich genau zu informieren, wie Wasserleitungen gelegt und miteinander verbunden und wie Heizungen installiert werden, doch in der Meisterwohnung unter der Tanne mussten sie anders vorgehen. „Wir können die Rohre für Wasser und Heizung nicht mehr im Boden verstecken", erklärte der Vater. „Dafür ist es zu spät. Aber ich habe mir schon etwas ausgedacht."

Er bohrte dort, wo die Heizungen später hängen sollten, Löcher nach außen, durch die er die Rohre verlegte, um sie dann rund um die Fichte zu verbinden und mit Erde und Gras abzudecken.

„Das ist genauso gut", erklärte er stolz und fügte hinzu: „Auf einer guten Baustelle ist eben nichts unmöglich!"

Schräubchen und Rädchen nickten und Schräubchen fragte sich wieder einmal, ob sie wohl jemals aus dem Staunen herauskommen würden.

Schließlich blickten sie auf einen wunderbaren Raum, der durch die Fliesen rundum gemütlich wirkte. Es gab eine kleine Ruhebank aus helleren grünen Fliesen, gefliese Ablagen für Tücher und Decken und eine wunderschön gestaltete Ecke, in deren Bodenbereich ein blau gefliestes Becken gebaut worden war. Und an der Wand des Bades hing eine winzige Röhrenheizung.

„Wofür ist das da eigentlich?", erkundigte sich Rädchen am Ende ihrer Arbeit und wies mit ihrer Hand auf das Becken im Badezimmer.

„Das wird eure Dusche", sagte der Vater. „Mit warmem Wasser."

„Warmes Wasser?" Rädchen schüttelte den Kopf. „Das gibt es im ganzen Wald nicht. Glaubt mir!"

Der Vater lachte auf. „Wir werden es erwärmen. Passt gut auf."

Gemeinsam verlegten sie vom Bach bis zur Fichte dünne, schwarze Schläuche. Sie legten sie in Schlaufen auf die Wiese, sodass die Sonne direkt darauf strahlte. Das Wasser aus dem Bach wurde nun in die Schläuche geleitet, von der Sonne erhitzt und schließlich am Ende der Schläuche in das Badezimmer der Fichtenwohnung geleitet, wo es erst die Heizung erwärmte, dann als warmer Regen in das Becken am Boden fiel und durch den Abfluss aus der Wohnung herausgeleitet wurde.

Schräubchen und Rädchen blieb die Sprache weg. Warmes Wasser. Direkt in der Wohnung!

„So machen wir Menschen das, um Energie zu sparen", erklärte der Vater. „Wir nutzen die Kraft der Sonne, wo es nur geht. Oder auch die Kraft des Windes und des Wassers. Saubere Energie. Wir nennen das Ökologische Energiegewinnung oder Nachhaltiges Wirtschaften oder ..."

Schräubchen drehte sich im Kreis. „Ödo ... Ölolo – lololo ... was? Nachgealterte ... wie?" Wieder musste der Vater lachen. „Ja, Schräubchen, an diese Wörter solltest du dich allmählich gewöhnen. Sie sind wichtig geworden im Baubereich."

„Und wenn mal keine Sonne scheint?", fuhr Rädchen dazwischen. „Was machen wir dann?"

„Darüber habe ich auch schon nachgedacht. Ich denke, zusätzlich braucht ihr elektrischen Strom."

Leon und Lena nickten begeistert. „Au ja, Papa. Strom ist das Einzige, was uns noch fehlt!"

Schräubchen sah erwartungsvoll an dem großen Mann empor. „Strom? Heißt das, wir bekommen auch solches Licht, wie ihr es im Glitzerpalast habt?"

Der Vater lächelte verschmitzt. „Daran habe ich gedacht. Und auch an warmes Wasser im Winter und an ..."

Rädchen fiel ihm schnell ins Wort: „Können wir das Licht dann auch anklatschen, so wie ihr das könnt?"

„Und mit dieser Frage habe ich auch schon gerechnet", erwiderte der Vater. „Ich habe da einen Plan. Wenn er gelingt, habt ihr alle diese Dinge bald auch."

„Hurra!!!", riefen Schräubchen und Rädchen wie aus einem Mund und tanzten im Kreis um die Fichte herum. Und auch Leon und Lena konnten nicht anders. Sie klatschten sich gegenseitig in die Hände und freuten sich mit ihren winzigen Freunden.

Die Nächte bestanden für Schräubchen inzwischen beinahe nur noch aus Angst. Immer und immer wieder kam der Pfuschel mit dem Beinkettchen an die Baustelle und sah sich alles genau an. Er hielt sich manchmal stundenlang an der Fichte auf, ohne etwas anzurühren.

Schräubchen verstand das alles nicht. Was sollte das? Was beabsichtigte dieser Pfuschel nur? Doch sie wagte es nicht noch einmal, aus ihrem Zelt zu kriechen und ihm zu folgen.

Und gleichzeitig wagte sie es nicht, ihrem Bruder von dem Pfuschel zu erzählen. Zwar hätte sie sich gern mit ihm ausgetauscht. Vielleicht hätte sie sogar ihre Angst verloren, wenn sie ihre Befürchtungen mit Rädchen geteilt hätte. Doch keinesfalls wollte sie Rädchen erschrecken.

Nein, es war besser, sie behielt diese nächtlichen Begegnungen erst einmal für sich. Auch, wenn dies bedeutete, dass sie ihre Angst für sich behalten musste.

Ein Geheimnis wird gelüftet

Allmählich rückte der entscheidende Tag näher. Bald war die Frist, die sich die beiden HelleWecKs selbst gesetzt hatten, abgelaufen. In den letzten Wochen hatten sie sich kaum noch um etwas anderes gekümmert als um ihre Baustelle.

Die Unruhe in ihnen wuchs mit jeder Stunde, die verstrich. Sie wollten auf jeden Fall ihr Wort halten, das sie dem Meister gegeben hatten. Schließlich hatten auch die anderen HelleWecKs ihr Wort gehalten. Niemand hatte sie auf der Baustelle besucht. Keiner hatte versucht herauszubekommen, was genau an der Fichte geschah. Wie der Meister es ihnen versprochen hatte, hatten die beiden HelleWecKs in Ruhe arbeiten können.

Und langsam wurde es ernst für die beiden.

Glücklicherweise war alles gut verlaufen. Durch die Hilfe der Menschen hatten Schräubchen und Rädchen in wenigen Wochen eine Wohnung geschaffen, wie es bisher im ganzen HelleWecKs-Tal noch keine vergleichbare gegeben hatte. Sie waren glücklich und stolz und auch erleichtert.

Heute – das hatte der Vater ihnen versprochen – heute wurde endlich ein Geheimnis gelüftet. Heute sollten sie erfahren, wofür die „Schlangen" in den Wänden der Meisterwohnung waren, die Schräubchen mit ihrem Bruder vor einigen Wochen eingebaut hatte. Vor einigen Wochen, die ihr mittlerweile wie Monate vorkamen.

So viele Fragen und nur noch so wenig Zeit, dachte sie. Ihr Blick fiel auf den Baumstamm der Tanne neben ihrem Ahornzelt. Dorthin, wo sie für jeden einzelnen Tag an der Baustelle eine Kerbe eingeritzt hatte. Sie zählte nach. Achtundfünfzig Tage waren schon vergangen. Übermorgen sollte die Übergabe der Meisterwohnung stattfinden.

War das noch zu schaffen?

Neben ihr im Zelt schlief Rädchen sehr unruhig. Bestimmt beschäftigten auch ihn viele Fragen bis in den Schlaf hinein. Sanft weckte sie ihren Bruder und kurz darauf waren sie auf dem Weg zum Glitzerpalast, um ihre Freunde abzuholen.

Dieses Mal konnten sie dem Vater kaum helfen. Er hatte in einem kleinen Karton, dessen braune Farbe in Schräubchen und Rädchen sofort die schmerzhafte Erinnerung an den Raketenkarton hervorrief, allerlei Kästchen und Kistchen in den Wald getragen, die wirklich geheimnisvoll aussahen.

Eigentlich sollten doch Geheimnisse gelüftet werden, dachte Schräubchen, und nicht weitere Geheimnisse entstehen.

An der Fichte angekommen, machte sich der Vater gleich ans Werk. Man merkte ihm an, dass dies sein Element war. Er hatte einen Gesichtsausdruck wie ein HelleWecKs-Kind, das am Jahresende sein erstes Werkzeug geschenkt bekommt, und er baute und schraubte mit Eifer an den kleinen Kästchen herum.

„Gestern Abend habe ich ein Kabel von unserem Haus zu dieser Fichte gelegt", erzählte der Vater, während er mit seinem Taschenmesser ein weißes Kästchen öffnete und mit der Spitze eines Schraubendrehers einige Hebelchen darin verstellte. „Dadurch haben wir nun Strom in der Wohnung. Wir produzieren mit unserer Solaranlage ohnehin mehr, als wir zu Hause gebrauchen können, und geben euch gerne ab. Allerdings sollten wir mal daran denken, in nicht allzu ferner Zukunft eine Windkraftanlage in die Nähe eures Tales zu stellen. Dann hätten alle HelleWecKs Strom."

Er schloss das weiße Kästchen wieder und legte sich vor die Meisterwohnung.

„So, jetzt nur noch anschließen, dann müsste es gehen."

„Anschließen?", fragte Rädchen

Der Vater winkte sie näher heran. „Jetzt erzähle ich euch, wofür die – wie habt ihr es ausgedrückt – ‚Schlangen' in den Wänden sind."

Schräubchen und Rädchen rückten interessiert an ihn heran und auch Leon und Lena traten schnell näher.

Der Vater nahm mit seinen Fingerspitzen eine der „Schlangen", deren Ende aus der Wand heraus schaute. „Wir Menschen nennen das Kabel. Durch diese Leitungen wird der Strom zu uns gebracht und wieder weitergeschickt."

„Aha. Soso. Verstehe." Schräubchen wiederholte leise für sich das Wort: „Kabel." Das war wenigstens mal ein netter, kurzer Begriff, den sie sich merken konnte.

„Ich schließe nun diese Kontrolleinheit an die Phase des Strom bringenden Drahtes an, während ich diese Drähte hier mit dem Transformator verbinde."

„Oh Hilfe, nein", rief Schräubchen aus. „Jetzt verstehe ich schon wieder kein einziges Wort. Und dabei hatte alles mit dem Begriff ‚Kabel' so gut angefangen, zum Hammer noch mal!"

Der Vater bremste sich. „Ich kann euch das auch anders erklären: Ihr habt die Leitungen in dieser Wohnung verlegt und dadurch kann ich mithilfe des Kästchens alle Räume mit Strom versorgen."

„Danke", strahlte Schräubchen. „Das habe ich verstanden."

Einige Stunden war der Vater mit der Installation beschäftigt. Er zog Drähte hervor, an denen er kleine Glühbirnen anbrachte oder die er mit der weißen Kontrollstation verband. Schräubchen und Rädchen entging nicht eine seiner Bewegungen. Obwohl sie nicht alles verstanden, was in der Wohnung des Meisters vor sich ging, fanden sie es faszinierend, den Vater beim Verklemmen und Installieren zu beobachten.

„Ich habe als Jugendlicher eine Ausbildung zum Elektriker gemacht", erklärte der Vater, während er die Drähte verband. „Daher kann ich das alles. Später dann lernte ich noch Maurer, studierte Architektur und …" Er blickte sich um. „Jetzt fehlt mir nur noch der Seitenschneider."

„Ein Zeitenschneider?", kicherte Schräubchen. „Kann man sich damit die Zeit verkürzen?"

„Nein", lachte der Vater. „Nicht Zeitenschneider. Seitenschneider. Damit kann ich die Kabel durchtrennen." Er kramte in seiner Werkzeugkiste. „Wo habe ich den denn?"

„Wie sieht der denn aus?", erkundigte sich Rädchen.

Der Vater nahm einen dünnen Ast und ritzte eine Skizze auf den Waldboden. Schräubchen und Rädchen konnten kaum glauben, was sie sahen: „Das ist doch unser Klappdingsbums!", riefen sie wie im Chor.

Rädchen rannte, so schnell er konnte, zu ihnen nach Hause und brachte von dort einen Seitenschneider mit rotem Griff. Mit viel Mühe zog er ihn hinter sich her, denn für seine kleinen Hände war das Werkzeug viel zu groß. „Das war das Letzte, was wir von den Menschen mit in den Wald gebracht hatten", erinnerte er sich laut.

Der Vater blickte amüsiert zu dem Werkzeug. „Genau. Das ist ein Seitenschneider. Und genau so einer fehlt mir gerade."

Schräubchen und Rädchen sahen ihm zu, wie er die überschüssigen Kabelteile abtrennte.

„Jetzt wissen wir auch endlich, wozu das da ist, unser Klappdingsbums", freute sich Rädchen.

Schließlich ließ der Vater das lang ersehnte Wort hören: „Fertig!"

Die Menschenkinder und die Hellwecks schauten ehrfürchtig zu der Fichte. Was würde nun wohl alles geschehen?

„Geht hinein und probiert es aus", bat der Vater und gespannt betraten Schräubchen und Rädchen die Wohnung ihres Meisters.

Erst wussten sie nicht, was sie tun sollten. Alles wirkte so fremd mit den kleinen Glühbirnen an den Decken. Im Bad hatte der Vater sogar welche in eine der Fliesen eingelassen.

Rädchen hatte die rettende Idee. Er klatschte fest in seine Hände.

Sofort ging das Licht an. Die Deckenlampen beleuchteten jeden Raum bis in den kleinsten Winkel und das kleine Lämpchen im Bad brachte die Fliesen herrlich zur Geltung.

Schräubchen klatschte in die Hände und sofort war es wieder düster in der Wohnung.

Schnell klatschte Rädchen die Lichter wieder an. Schräubchen wieder aus. Rädchen wieder an. Schräubchen wieder aus.

Sie konnten gar nicht genug davon bekommen. Bis sie sich endlich doch losrissen von dieser herrlichen Technik und nach draußen zu ihren Freunden gingen.

Man konnte den HelleWecKs die Begeisterung förmlich ansehen. Sie strahlten um die Wette und blickten ihren Menschenfreunden glücklich entgegen.

Schräubchen hatte Tränen in den Augen.

„Danke!", rief sie aus. „Vielen Dank! Die Wohnung ist wunderschön geworden. So etwas hat es im ganzen Tal der Hundert Wasser noch nie gegeben. Wie können wir das nur jemals wiedergutmachen?", fragte Schräubchen.

„Das braucht ihr nicht", war die Antwort des Vaters und Leon und Lena stimmten zu: „Das war ein ganz besonderes Ferienabenteuer mit euch", sagte Lena und Leon meinte: „Wenn wir euch öfter besuchen dürfen, ist uns das Dank genug!"

Schräubchen lachte. „Natürlich dürft ihr uns öfter besuchen. Jederzeit und immer, wenn ihr mögt." Und sie dachte daran, dass sie die ganze Zeit schon etwas loswerden wollte: „Wisst ihr, früher, vor langer Zeit, da hatten die ..."

Sie stockte, denn gerade hatte sie gegenüber der Wohnung, direkt hinter den Büschen, etwas entdeckt, das ihr den Atem stocken ließ. Gleich neben der Tanne, auf der Schräubchen jeden Morgen die Bautage gezählt und notiert hatte, waren ihr zwei Füße aufgefallen. Es waren schmutzige Füße, über denen sich eine zerrissene Hose zeigte.

Demjenigen im Versteck musste aufgefallen sein, dass er entdeckt worden war, denn in der gleichen Sekunde hasteten die Füße davon. Schräubchen konnte im letzten Moment nur noch erkennen, wie an dem rechten Fuß ein Kettchen kurz aufblinkte.

Riesenüberraschungen

Endlich hatte sie Schlaf gefunden. Die ganze Nacht hindurch hatte Schräubchen kein Auge zumachen können. Tausende Gedanken waren ihr durch den Kopf geschossen: Wie würde der Meister morgen reagieren, wenn er seine neue Wohnung zum ersten Mal sehen würde? Bei all ihrer Geschäftigkeit und bei aller Aufregung der vergangenen Wochen hatte Schräubchen völlig vergessen, dass sie keinen Kontakt zu den Menschen aufnehmen durften. Und nun? Nun hatten sie die Menschen sogar ans HelleWecKs-Tal geführt und mit ihnen gemeinsam die Wohnung ausgebaut. Schlimmer noch: Unter der Fichte gab es ausschließlich Dinge von Menschenhand! Der Meister hasste doch alles, was von den Menschen kam. Wie hatte sie das nur vergessen können?

Völlig verzweifelt hatte sie sich von einer Seite auf die andere gedreht, während sie neidisch zuhörte, wie Rädchen neben ihr zufrieden schnarchte.

Und dann waren ihr die Pfuschels in den Sinn gekommen. Was hatten sie vor? Und würden sie sich davon abhalten lassen, die schöne Wohnung zu zerstören?

Nicht eine Minute hatte sie geschlafen in dieser Nacht vor dem wichtigen Tag. Nicht eine Minute.

Bis ihr doch schließlich am Morgen die Augen schwer geworden waren und sie mit einem sanften Seufzen in den Schlaf gesunken war und ...

„Psst!"

Jemand rüttelte sie am Arm.

„Psst! Schräubchen!"

Das träumte sie doch nur, oder?

„Schräubchen! Psst!"

Wer sollte sie schon so früh am Morgen wecken? Wer schon, außer ...

Blitzschnell sprang sie auf. „Geh weg, du Pfuschel!", rief sie aus und griff nach einem kleinen Zweig, der auf der Erde lag, um sich zu wehren. Doch unter einem Blatt des Ahornzeltes schaute Amboss' Gesicht herein. „Ich bin 's doch nur", flüsterte er. „Vor mir brauchst du doch nicht zu erschrecken."

„Amboss!" Sie fiel ihm um den Hals.

„Was'n hier los?", grummelte es von der anderen Seite des engen Zeltes.

Rädchen bemühte sich, die Augen aufzubekommen. „Oh, Amboss, du." Schon drehte er sich wieder um. Doch eine Sekunde später saß er aufrecht und mit hellwachen Augen auf seinem Nachtlager. „Ist was? Gibt es Ärger? Ist unsere Baustelle ...?"

„Nein, nicht doch", zischte Amboss. „Ich brauche nur eure Hilfe. Wir müssen den Pfuschels das Handwerk legen."

„Jetzt?"

„Jetzt!"

Völlig übermüdet tappten die Geschwister hinter Amboss durch den Wald. Schräubchen erkannte den Weg wieder. „Du bringst uns direkt zu ihrem Lager?"

„Es ist alles vorbereitet", antwortete Amboss. „Wir müssen genau nach Plan vorgehen."

„Was denn für ein Plan?" Allmählich wurde es Rädchen mulmig. „Sollten wir das nicht vorher wissen?"

„Das zu erklären dauert zu lange. Ihr müsst eigentlich nur eines wissen: Wenn ich sage ‚lauft', dann lauft ihr und wenn ich sage ‚springt', dann springt ihr so weit wie ihr könnt, klar?"

„Das ist dein Plan?" Rädchen sah entsetzt an seinem Ausbilder hoch. „Lauft und springt?"

„Wenn ihr die beiden Kommandos nicht vertauscht, kann nichts passieren."

Rädchen zog seine Schwester am Ärmel. „Schräubchen, jetzt sag du doch was!"

„Hm, laufen und springen. Laufen und springen. Aha. Soso. Verstehe. Das kann ich mir merken." Sie lächelte ihm zu. „Klingt doch aufregend."

Rädchen ließ verzweifelt die Schultern hängen und tappte ratlos hinter den beiden her. „Ach du Schreck", murmelte er und mit einem weiteren Blick auf seine Schwester fiel ihm nur noch eines ein: „Zum Hammer noch mal!"

Mit angehaltenem Atem, auf dem Waldboden kriechend, näherten sich die drei dem Versteck der Pfuschels. Doch anders als vor einigen Wochen war dieses Mal kein Laut zu hören. Alle schienen noch zu schlafen.

„Macht euch bereit", hauchte Amboss den beiden zu. Dann stand er auf, formte seine Hände vor dem Mund zu einem Trichter und rief: „Aufwachen, ihr nichtsnutzigen Kerle. Raus aus den Träumen. Willst du einen Pfuschel vertreiben, musst du ihm nur Arbeit zeigen!"

Schräubchen sprang ebenfalls aus ihrem Versteck und reimte schnell: „Willst du 'nen Pfuschel rennen sehen, musst du mit ihm zur Arbeit gehen!"

Amboss und Schräubchen blickten sich an, lachten sich zu und klatschten sich gegenseitig in die Hände.

„Seid ihr denn völlig verrückt geworden?", schimpfte Rädchen, der sich noch immer hinter dem Gebüsch versteckt hielt. Doch Schräubchen und Amboss kamen nicht dazu, ihm eine Antwort zu geben, denn in diesem Moment brandete aus dem Lager wildes Geschrei auf. Fünf Pfuschels, die zwar den Schlaf noch in den Augen hatten, aber dennoch bereits grimmig schauen konnten, kamen auf sie zugelaufen. Amboss wandte sich ruckartig um und rief nur: „Lauft!"

Das hatten die Geschwister verstanden und sie rannten mit Amboss los, als sei ein Orkan hinter ihnen her.

Im Laufen drehte sich Schräubchen nach ihren Verfolgern um und sie erkannte, dass es nicht bei den fünf Pfuschels geblieben war. Etwa zehn oder mehr rannten ihnen nun nach. Einer der hinteren Pfuschels trug an seinem rechten Fuß ein silbernes Kettchen, doch Schräubchen konnte in dem Gewirr sein Gesicht nicht erkennen.

„Zwölf Pfuschels sind hinter uns her", rief Amboss den Geschwistern zu. „Mehr Pfuschels gibt es nicht. Sie rennen uns alle nach. Das ist gut."

„Das ist gut?", rief Rädchen entsetzt. „Ich glaube, ich verstehe irgendetwas falsch."

„Haltet noch ein wenig durch", rief Amboss. „Gleich sind wir am Ziel."

Die Pfuschels waren nicht die Schnellsten. So viel Bewegung waren sie offensichtlich nicht gewöhnt. Sie schimpften und fluchten, sie hechelten und schnauften.

Als die drei HelleWecKs auf einen umgestürzten Baumstamm zurannten, schrie Amboss nur: „Springt!" Und in diesem Moment hechteten sie vom Baumstamm über eine Mulde im Waldboden in ein gegenüberliegendes Gebüsch. Die Pfuschels hingegen liefen unverwandt über den Baumstamm, glitten aus und rutschten auf der anderen Seite des Stammes in die Erdmulde hinunter. Im gleichen Moment sprang Amboss hervor, stellte sich breitbeinig an den Rand der Mulde und schaute auf die Pfuschels herab.

„Jetzt ist Schluss!", rief er den stöhnenden Pfuschels zu, die auf dem Boden der Mulde lagen und sich die Rücken hielten. „Es hat sich ausgepfuscht! Schräubchen, Rädchen, bindet sie aneinander!"

„Wir sollen was?", rief Rädchen aus seinem Versteck heraus. „Zu den Pfuschels? Da runter?"

Schräubchen kam schon hervor und kletterte vorsichtig in die Mulde hinunter.

„Macht mir ja keine falsche Bewegung", warnte Amboss. Er warf Schräubchen ein längeres Seil zu, mit dem sie die Pfuschels an den Händen hintereinander festknotete. Rädchen blickte aus dem Gebüsch hervor und konnte es nicht fassen, seine Schwester inmitten dieser Unholde zu sehen.

„So, und jetzt ins HelleWecKs-Tal mit euch", befahl Amboss, als Schräubchen alle gefesselt hatte. „Ich sperre euch in mein Haus ein. Wenigstens heute. Dann könnt ihr die Übergabe der neuen Wohnung nicht stören!"

Die Pfuschels nickten nur. Sie gaben sich geschlagen. Murrend kletterten sie hinter Schräubchen aus der Mulde, was ihnen wegen des Seils, an das sie gebunden waren, sehr schwer fiel. Immer wieder rutschte einer von ihnen an der steilen Muldenwand ab und zog die anderen wieder einige Schritte mit sich nach unten, doch schließlich hatten sie es geschafft und folgten den drei HelleWecKs ins Tal.

Die Sonne stand hoch am Himmel und beschien mit ganzer Kraft das HelleWecKs-Tal.

Schräubchen und Rädchen warfen ihre Besen zur Seite. Sie konnten hören, wie die anderen HelleWecKs sich der Fichte näherten. Die letzte Stunde hatten die beiden damit zugebracht, die Wohnung noch einmal aufzuräumen und durchzufegen. Und natürlich hatte Schräubchen die sechzigste Kerbe in die Tanne neben ihrem Zelt geritzt. Die letzte, die tiefste Kerbe von allen.

Nun war alles vorbereitet. Die beiden atmeten durch.

Wie würde der Meister reagieren?

„Viel Glück", flüsterte Rädchen seiner Schwester zu.

„Viel Glück, zum Hammer noch mal", war die Antwort. Dann sahen sie erst die Spitze der Meistermütze hinter dem Hügel auftauchen, sahen, wie die Spitze immer länger und länger wurde, bis sie schließlich den Meister selbst den Hügel heraufkommen sahen. Neben ihm ging Amboss und dahinter folgten alle HelleWecKs. Über zweihundert, dachte Schräubchen nur noch. Zweihundert HelleWecKs. Und alle Augen werden gleich auf uns und auf die Wohnung gerichtet sein. Vor allem aber werden mehr als zweihundert Ohrenpaare hören, was der Meister zu ihrer Arbeit zu sagen hatte.

Wie würde er reagieren?

Schräubchens Hand suchte die ihres Bruders. Sie spürte, dass er ebenso aufgeregt war wie sie, doch gemeinsam würden sie durchstehen, was immer in den nächsten Stunden passieren sollte. Gemeinsam waren sie doppelt so stark.

Mit entschlossenem Schritt trat der Meister auf die Fichte zu. Sein langer Bart schien in der Sonne silbern zu glänzen. Er stellte sich auf den Platz vor der neuen Wohnung, doch nicht ihr galt sein erster Blick. Zunächst schaute er Schräubchen und Rädchen entgegen. „Wie geht es euch beiden?", fragte er besorgt und den Geschwistern wurde es warm ums Herz. „Ich habe euch so lange nicht gesehen. Ihr habt mir wirklich gefehlt. Geht es euch gut?"

Ohne eine Antwort abzuwarten, legte er den Kopf zur Seite und breitete die Arme aus. Schräubchen und Rädchen rannten auf ihn zu und umarmten ihn. Der Meister lachte. In jedem seiner Arme hielt er nun einen erleichterten HelleWecKs.

Schräubchen und Rädchen atmeten auf. Viel von der Anspannung der vergangenen Wochen fiel ab, so, als hätte der Meister seine Arme nur geöffnet, um den beiden die ganzen Sorgen und Ängste abzunehmen. Es tat gut, ihn hier zu haben.

„Morgen, Meister!", flüsterten sie wie aus einem Mund.

Einen langen Moment standen die drei so innig beieinander, doch schließlich löste sich der Meister, blickte erst Schräubchen, dann Rädchen in die Augen und sagte: „Und nun möchte ich sehen, was ihr geleistet habt in all der Zeit."

Schon wurde den HelleWecKs wieder mulmig zumute. Sie führten den Meister an den Händen bis vor die Wohnung.

Der HelleWecKs-Meister stellte sich davor und stemmte die Arme in die Seiten. Er betrachtete die Wurzel unter der Fichte sehr genau und sehr lange. Man konnte ihm ansehen, wie er nachdachte.

Die Ruhe des Meisters breitete sich auf die anderen HelleWecKs aus. Sie traten näher heran und besahen sich ebenfalls die Wohnung. Doch keiner wagte, ein Wort zu sagen. Nicht, bevor der Meister sein Urteil abgegeben hatte. Es herrschte eine Spannung im Wald, die man beinahe mit Händen greifen konnte.

Schräubchen und Rädchen nahmen sich wieder an den Händen. Amboss kam und stellte sich zu den beiden. Auch er sprach kein Wort. Zu gern hätte Schräubchen wenigstens seine Meinung bereits erfahren.

Endlich wandte sich der Meister um und trat dicht an die beiden Geschwister heran. Er holte einmal tief Luft und sagte: „Ich habe euch vertraut. Ich habe euch diese Wurzel anvertraut. Ich habe mir gewünscht, dass ihr mir eine nette Wohnung daraus baut. Und nun, was muss ich sehen? Was habt ihr getan?"

Schräubchen und Rädchen hielten den Atem an. Auch Amboss wurde blass im Gesicht.

Der Meister wandte sich um und zeigte mit der Hand auf die Wohnung. „Was muss ich sehen? Meine Erwartungen in euch sind weit übertroffen. Ich bin mir sicher, dass ich in meinem ganzen langen Leben noch nie eine so schöne HelleWecKs-Wohnung gesehen habe. Im ganzen Tal der Hundert Wasser gibt es kein schöneres Zuhause!"

Einen Augenblick lang herrschte ergriffenes Schweigen vor der Fichte, dann brach plötzlich tosender Applaus los. Alle HelleWecKs jubelten und lachten. Amboss drückte die Geschwister fest an sich. „Gratuliere!", flüsterte er jedem ins Ohr. „Gratuliere!"

Der Meister wartete den Jubel einen Moment ab, dann hob er die Hand und nach und nach wurde es wieder still im Wald. Erneut erhob er seine Stimme. Dieses Mal klang sie noch ein wenig ernster als zuvor: „Doch ich sehe, dass ihr Hilfe hattet. Und es war nicht die Hilfe eines HelleWecKs."

„Das kann ich erklären", entgegnete Schräubchen. „Vor langer, langer Zeit ...", doch der Meister winkte ab. „Du brauchst mir nichts zu erklären", verkündete er. „Ihr habt nichts Falsches getan. Ich selbst hatte euch geraten, Hilfe zu holen, wenn ihr Hilfe braucht." Er schmunzelte. „Ich hatte wohl vergessen zu sagen, wo ihr euch Hilfe holen solltet. Und eigentlich hätte ich mir denken können, wohin ihr laufen würdet, oder?"

Wieder wollte Schräubchen etwas erwidern, doch noch einmal winkte der Meister ab.

„Ich möchte nun die Wohnung von innen sehen", bat er. „Zeigt mir alles."

Schräubchen und Rädchen führten ihn ins Innere. Der Meister wusste gar nicht, wohin er blicken sollte. Man merkte ihm an, dass er ebenfalls noch nie etwas Derartiges gesehen hatte.

Gerührt spielte er zunächst an seinem langen Bart, dann zog er sogar seine Mütze vom Kopf.

„Ich – ich ..." Nervös ließ er die Mütze von einer Hand in die andere wandern. „Ich weiß gar nicht ..."

Schräubchen und Rädchen blickten sich überrascht an. So hatten sie den Meister noch nie erlebt. Der alte Mann war regelrecht ergriffen von dem, was er sah. Doch schließlich fand er seine Haltung wieder.

„Ich – ich muss etwas dazu wissen", begann er und dann stellte er wohl über hundert Fragen und ließ sich alles ganz genau zeigen: das Bad mit seinem warmen Wasser, das Licht, das man anklatschen konnte, die Wände, durch die seine Wohnung in verschiedene Zimmer aufgeteilt worden war, der Teppich, der wie eine

Wiese wirkte – auch im Winter, die Fliesen, aus denen die herrlichen Bilder entstanden waren, die Heizung, die ihn nie wieder frieren lassen sollte.

Lange Zeit hielten sie sich gemeinsam unter der Wurzel auf. Der Meister ließ sich alles von den HelleWecKs erklären. Von der ersten Begegnung Schräubchens mit den Kindern über den Glitzerpalast bis hin zu den Arbeiten an dieser Wohnung und den Besuchen im Neubaugebiet der Menschen.

Schließlich trat der Meister mit den Geschwistern wieder vor die Höhle und verkündete den wartenden HelleWecKs: „Ich weiß gar nicht, wie ich es euch sagen soll, liebe Freunde. Wir alle werden heute Zeugen von etwas ganz Unfassbarem. Etwas ganz und gar Neuem. Ich bin begeistert. Begeistert und beeindruckt von der Leistung dieser beiden HelleWecKs." Er wartete den tosenden Applaus der HelleWecKs ab, bevor er fortfuhr: „Und so werde ich mein Wort nun auch halten." Er legte erst Schräubchen, dann Rädchen eine Hand auf die Schulter und fuhr fort: „Von diesem Tag an seid ihr Gesellen. Ihr habt bewiesen, dass ihr eure Handwerkskunst einsetzen könnt. Ich gratuliere euch zu eurer Leistung."

In diesem Moment brandete wieder wilder Jubel unter den HelleWecKs auf, der nicht verstummen wollte. Die HelleWecKs stürmten auf Schräubchen und Rädchen zu und schüttelten ihre Hände, klopften ihnen auf die Schultern und lachten ihnen zu. Der Beifall schien kein Ende nehmen zu wollen.

Schräubchen sah sich um. Wo war Amboss? Zu gerne hätte sie ihn jetzt hier dabei gehabt, hier in ihrer großen Stunde. Doch er war nicht zu entdecken.

Wieder wurden Hände geschüttelt, wieder Schultern geklopft. Schräubchen fand diesen Moment wunderschön, aber sie hatte den Eindruck, dass er noch anstrengender war als die ganzen Wochen auf der Baustelle.

Und wo war Amboss?

Plötzlich teilte sich die Menge. Die HelleWecKs, die im Kreis um Schräubchen und Rädchen standen, schritten zur Seite, sodass Amboss auf die beiden zukommen konnte. Hinter sich zog er einen längeren Karton mit sich.

„Liebe Freunde", sagte er. „Ich bin stolz auf meine beiden Gesellen. Sie haben uns alle überrascht und begeistert. Zum Dank dafür und als Anerkennung habe ich etwas vorbereitet für euch."

Erst jetzt erkannte Schräubchen den Karton, den Amboss hinter sich her zog. Der Ausbilder griff hinein, zog zwei Feuerwerksraketen heraus und zündete sie mit einer Fackel an, die er sich von Hobel hatte mitbringen lassen. Unter den Blicken der staunenden Menge sausten die Raketen in die Luft, explodierten mit einem lauten Knall und zauberten bunte Sterne an den Himmel.

„Das ist für euch", rief Amboss. „Ein herrliches Feuerwerk für zwei herrliche HelleWecKs und eine herrliche Wohnung …"

„Aber Amboss", kreischte Schräubchen. „Denkst du nicht, dass wir …"

„Das habt ihr euch verdient", erwiderte Amboss und griff nach einer weiteren Rakete. „Ich habe diese Dinger studiert und weiß genau, wie man sie bedient."

Schräubchen schüttelte den Kopf. „Nein, ich meine …"

Doch weiter kam sie nicht. Plötzlich rumorte die Erde. Ein Krachen erklang aus dem Wald hinter den HelleWecKs. Und dann ein lautes Schnaufen. Schräubchen schluckte hörbar. Ihre Befürchtung hatte sich bestätigt.

Aus dem Unterholz des Waldes brach das Wildschwein hervor. Es blickte sich um, erkannte die HelleWecKs und rannte schließlich auf sie zu. Die HelleWecKs schrien auf, duckten sich oder sprangen zur Seite. Einige schüttelten schnell ihre Köpfe und binnen Sekunden war der Boden übersät von vermeintlichen Löwenzahnblüten.

Das Schwein rannte laut quiekend quer durch die Menge.

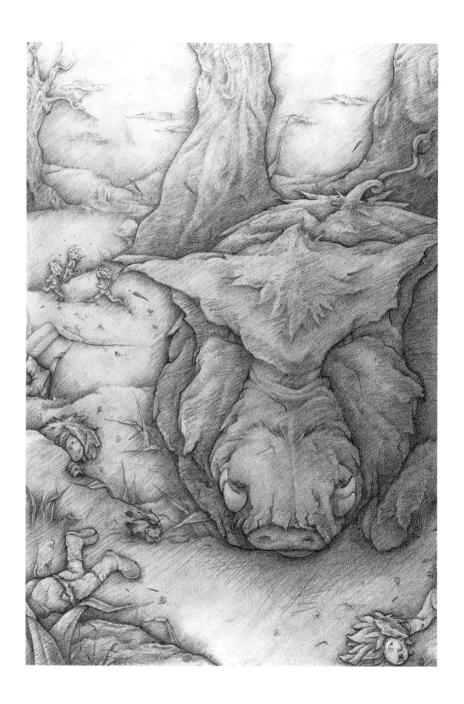

Schräubchen und Rädchen hielten den Atem an. Sie waren zu geschockt, um an Tarnung zu denken. Genauso erging es noch einigen anderen HelleWecKs.

Das Wildschwein lief direkt auf die Fichte zu. Noch einmal schrien die HelleWecKs vor Entsetzen auf, als das Wildschwein mit allen vieren auf die Wurzel der Fichte und damit auf die neue Meisterwohnung trat. Noch einmal quiekte das Wildschwein laut auf, dann rannte es endlich davon und verschwand im Wald.

Atemlose Stille herrschte rund um die Tanne. Nach und nach schüttelten die HelleWecKs, die sich getarnt hatten, ihre Köpfe. Der Schreck war allen anzusehen.

Langsam, Schritt für Schritt, traten sie auf die Wohnung zu, um sich den Schaden anzuschauen. Ihre Überraschung war riesig: Die Wohnung hatte gehalten. Nichts an ihr war zerstört. Die HelleWecKs konnten ihre Blicke kaum davon lösen. So etwas hatten sie alle noch nie erlebt.

Amboss stand vor der Fichte und machte ein Gesicht, als hätte ihn ein Blitz gestreift. „Ich dachte nur – ich dachte – das wäre eine gute Idee", stammelte er. „An das Wildschwein hatte ich gar nicht mehr gedacht."

Schräubchen umarmte ihn. „Das war lieb von dir. Und schau mal: Jetzt hat die neue Wohnung schon ihre erste Katastrophe überstanden."

„Hmpf, … aber ich …", stotterte Amboss weiter, doch Schräubchen hörte ihm schon nicht mehr zu. Einige Meter von ihnen entfernt hatte sie etwas entdeckt. Hinter einem der Gebüsche, knapp über dem Waldboden, glitzerte etwas silbern hervor. Schräubchen strengte sich an und schließlich erkannte sie das Fußkettchen.

Die Pfuschels sind geflüchtet, schoss es ihr durch den Kopf. Wie sie es auch immer geschafft hatten, sie hatten sich aus Amboss' Wohnung befreit. Doch warum waren sie nicht alle davongelaufen? Warum beobachtete dieser Pfuschel sie schon wieder?

Schräubchen löste sich aus Amboss' Umarmung und machte einen Schritt auf das Gebüsch zu. Dann noch einen Schritt und noch einen.

„Hab keine Angst", sagte sie und hoffte, dass aus ihrer Stimme die eigene Angst nicht herauszuhören war. „Ich tu dir bestimmt nichts."

Sie wagte noch einen Schritt. „Wie heißt du?"

Keine Antwort. „Geht es dir gut?"

Wieder keine Antwort.

„Wie heißt du?", fragte sie noch einmal, doch auch dieses Mal sagte der Pfuschel in seinem Versteck keinen Ton.

„Hast du vielleicht keinen Namen?"

„Natürlich habe ich einen Namen", tönte es leise hinter dem Busch hervor.

„Ich heiße Schräubchen. Und du?"

„Hämmerchen." Es war so leise, dass Schräubchen es nur mit Mühe hatte verstehen können.

„Ich will dir helfen." Sie trat nahe an den Busch heran und hielt dem Pfuschel eine Hand hin. Es brauchte eine kurze Weile, dann zeigte sich eine Hand und der Pfuschel griff zu. Schräubchen half ihm auf die Füße. „Hallo", sagte sie. „Nett, dich wieder zu sehen." Schräubchen zeigte auf Hämmerchens Füße. „Deine Kette hat dich jedes Mal verraten."

„Oh." Er blickte an sich herab. „Ach das. Das sind alles Stücke aus den Geburtskettchen der Pfuschels. Sie hatten sie weggeworfen, doch ich habe sie wieder gesucht und gesammelt. Ich wollte nicht, dass wir vergessen, woher wir stammen. Der Meister hat sie uns doch bei der Geburt verliehen. Da können wir sie doch nicht so einfach …"

„Was hast du an unserer Baustelle gemacht?"

Hämmerchen blickte verstört auf seine Zehen und spielte an seiner Jacke herum.

„Was hast du dort gemacht?", wiederholte Schräubchen.
„Du glaubst mir ja doch nicht."
„Wenn du die Wahrheit sagst, glaube ich dir."
Jetzt schaute Hämmerchen auf. „Ich wollte sehen, was ihr dort macht, an der Baustelle."
„Nur nachsehen?"
„Ja. Ihr habt so tolle Dinge gebaut. Ihr habt eine wunderschöne Wohnung geschaffen. Ich wollte das wieder und wieder sehen."
„Dann wolltest du gar nichts zerstören?"
Der Pfuschel zuckte zusammen. „Zerstören? Nein, ganz im Gegenteil. Indem ich mich zu euch geschlichen hatte, konnte ich die anderen Pfuschels davon abhalten, noch mehr kaputtzumachen. Allerdings ist mir das nicht immer gelungen. Tut mir leid, dass sie das Dach verschandelt haben." Er seufzte. „Weißt du, ich hätte euch so gerne geholfen bei eurer Arbeit. Du musst wissen, ich ... ich – also ..."
„Ja?"
„Ich hasse es, ein Pfuschel zu sein." Jetzt sprach er nicht mehr so leise. „Es ist schrecklich. Wir machen nur kaputt oder stören andere Leute bei ihrer Arbeit. Das ist doch Unsinn! Ich möchte so gerne selbst was erbauen. Ich möchte gerne ... ich will ..." Er schluckte, wurde wieder leiser und blickte verlegen zu Boden. „Ich möchte so sein wie du."
Schräubchen fehlten die Worte. Was hätte sie auch sagen sollen?
„Damals im Wald", nahm Hämmerchen seine Rede wieder auf und Schräubchen spürte, wie sich in ihr alles zusammenschnürte bei der Erinnerung an diese unheilvolle Nacht. „Damals im Wald, da hatte ich dich natürlich schon entdeckt." Er lächelte. „Du bist eine hübsche Löwenzahnblüte, wenn du dich tarnst."
Schräubchen lächelte zurück. „Danke. Aber warum …"
„Ich wollte dir doch nichts tun. Ich fand es nur sehr schön, einfach in deiner Nähe zu stehen. Für einen Augenblick gehörte ich zu

euch." Er stockte: „Da gehörte ich zu dir. Ich habe diese wenigen Sekunden an deiner Seite im Wald sehr genossen. Und ich habe immer gehofft, dass wir uns mal wieder begegnen."

Schräubchen war gerührt. Die Schreckensnacht von einst verwandelte sich plötzlich in eine Nacht, in der wohl eine ungewöhnliche Freundschaft ihren Anfang genommen hatte.

„Nun sind wir uns ja wieder begegnet", antwortete sie. „Komm mit."

Sie nahm Hämmerchen an der Hand und führte ihn an die Fichte, zu den anderen HelleWecKs. Schräubchen konnte seine Angst und seine Unsicherheit spüren. Gut, dass sie ihn an der Hand genommen hatte.

„Meister, Amboss, ich möchte euch jemanden vorstellen." Sie blickte Hämmerchen entgegen und fügte hinzu: „Einen guten Freund."

Der Mond stand hell und klar am Himmel, eingerahmt von unzähligen Sternen, die so funkelten, als ob sie es vor lauter Neugierde nicht an ihrem Platz aushalten könnten. Ganz bestimmt beobachteten sie alles, was auf der Erde, im Wald der Hundert Wasser, geschah.

Über zweihundert HelleWecKs saßen beieinander und feierten ausgiebig die Geschehnisse dieses Tages. Von allen Seiten erklang immer und immer wieder das HelleWecKs-Lied. Lange Tische bogen sich unter der Last der Leckereien: Töpfe voller Tannenspitzenpüree, Schalen mit kunterbunten Laubsalaten, Becher voller Beerenlimonade und dazwischen herrlich duftende Nusskuchenstücke, welche die Frau des Meisters gerade erst selbst gebacken hatte.

Alle HelleWecKs hatten sich besonders schick gemacht für dieses besondere Fest. Aus den Taschen ihrer grünen Kittel schauten die unterschiedlichsten Blumen heraus und jeder HelleWecKs hatte sich einen kunterbunten Blütenkranz in seine gelben Haare geknotet.

Doch die Waldbewohner waren nicht allein. Inmitten der vielen HelleWecKs saßen vier Ehrengäste: Leon und Lena zusammen mit ihren Eltern. Der Meister hatte darauf bestanden, ihre Bekanntschaft zu machen und sie durch einen Boten hierher gebeten.

Die anfängliche Angst der HelleWecKs vor den Menschen war angesichts der freundlichen Gäste schnell verflogen. Die ganze Familie wurde von den HelleWecKs herzlich aufgenommen und nun war man gespannt darauf, einander kennenzulernen.

Der Meister trat schließlich aus der Menge hervor und stellte sich vor die Menschen. „Liebe Besucher", sagte er und machte eine einladende Geste. „Wir sind gespannt darauf, die Menschen kennenzulernen, die Schräubchen und Rädchen so wunderbar beigestanden haben in den letzten Wochen und die diese herrlichen Dinge hierher gebracht haben. Ihr müsst wissen, dass wir HelleWecKs keine gute Meinung von euch Menschen hatten. Wir wollten eigentlich nichts von euch wissen. Doch durch diese beiden mutigen HelleWecKs sind wir uns nähergekommen. Wir haben erkannt, dass es auch viele Menschen gibt, die mit ihrem Wissen und mit ihren Maschinen Gutes bewirken können. Ich habe viel gehört und gesehen von euch und daher möchte ich nur sagen: Tretet näher heran, Freunde."

Er hielt dem Vater seine Hand hin und der ergriff sie mit Daumen und Zeigefinger.

„Freunde", erwiderte der Vater.

Die HelleWecKs applaudierten ergriffen. Einige der älteren HelleWecKs hatten sogar Tränen in den Augen.

„Ich habe noch etwas bekannt zu geben", sagte der Meister schließlich. „Und alle sollen es hören!" Er deutete mit einer Hand zur Fichte und sagte: „Diese Wohnung soll nicht nur für mich alleine sein. Ich schenke dieses Heim allen HelleWecKs. Lasst uns einen Raum für die Gemeinschaft daraus schaffen. Warmes Wasser für uns alle und herrliche Zimmer, in denen wir uns treffen können. Und dieses Haus kann allen HelleWecKs als Beispiel dienen. Vielleicht werden in Zukunft alle unsere Häuser auf diese besondere Art gebaut werden."

Die HelleWecKs applaudierten laut.

„Wunderschöne Idee", lobte Amboss, als der Meister wieder Platz genommen hatte.

„Für dich habe ich auch noch eine Überraschung, lieber Amboss", sagte er. „Schräubchen und Rädchen sind nun zu Gesellen ernannt worden."

„Zu Recht", betonte Amboss.

„Doch damit hast du deine beiden Lieblingsschüler verloren."

„Hm, das stimmt."

„Hier meine Überraschung: Ich vertraue dir Hämmerchen an. Zeig ihm, was du Schräubchen und Rädchen gezeigt hast. Lehre ihn, wie wunderschön das Handwerken ist und was man damit alles erreichen kann."

Amboss und Hämmerchen strahlten um die Wette. Mit dieser Überraschung waren beide einverstanden.

Zögerlich hob Rädchen eine Hand. „Und was geschieht mit den anderen Pfuschels?", fragte er. „Jetzt, wo sie geflüchtet sind ..."

Amboss winkte ab. „Die finde ich alle wieder. Ganz bestimmt. Und dann bringe ich sie hierher."

„Hierher?"

„Sie sollen helfen, das neue HelleWecKs-Tal aufzubauen. Schließlich haben sie einiges wiedergutzumachen." Er legte einen Arm auf Hämmerchens Schulter. „Aber keine Bange. Sie sollen hier keinen Strafdienst verrichten. Ich werde ihnen zeigen, wie schön es ist, mit den Händen etwas zu gestalten. Sie sollen erleben, wie gut es tut, etwas Eigenes zu schaffen. Gebt uns ein paar

Wochen, dann bin ich sicher, dass die Pfuschels mit großer Freude zu uns kommen. Ich denke, ihnen hat bisher niemand gezeigt, wie viel Spaß es macht, gemeinsam mit anderen etwas zu erreichen."

Hämmerchen nickte. „Das ist eine gute Idee!"

Es war eine Feier, wie sie die HelleWecKs noch nie erlebt hatten. Eine Feier, über die gewiss noch Jahre später gesprochen werden würde.

Der Vater von Leon und Lena vereinbarte mit dem Meister eine Zusammenarbeit zwischen den HelleWecKs und den Menschen. Sie wollten sich in den nächsten Jahren austauschen und voneinander lernen. Bestimmt würden auch neue Berufe entstehen. Wieder einmal war alles möglich.

„Menschen und HelleWecKs sollen richtige Freunde werden", hoffte der Meister.

Und das war für Schräubchen das Stichwort. Sie stand von ihrem Platz auf und rief: „Wisst ihr eigentlich, dass früher – also ganz früher, vor langer Zeit ..." Sie stockte, denn sie konnte es kaum glauben: Alle hörten ihr zu. Niemand unterbrach sie. Keine Katastrophe bahnte sich an. Also sprach sie schnell weiter: „Wisst ihr eigentlich, dass früher schon die Menschen und die HelleWecKs sehr gute Freunde gewesen sind? Früher, bevor die Menschen anfingen, den Wald zu zerstören?"

„Was?" Der Meister blickte überrascht zu Schräubchen. „Woher weißt du das denn?"

„Meine Großmutter hat mir immer davon erzählt. Abends, wenn ich in meinem Bett lag."

Der Meister nickte. Schräubchens und Rädchens Großmutter war einst die älteste aller HelleWecKs gewesen. Sie hatte Dinge gewusst, an die sich sonst niemand erinnern konnte. Dinge, die sie noch selbst erlebt oder die sie von ihrer Großmutter berichtet bekommen hatte. Und wenn sie von dieser Freundschaft erzählt hatte, dann hatte es diese Freundschaft auch gegeben.

„Was glaubt ihr wohl, woher wir unser Werkzeug haben? Die Äxte und die Hämmer? Und woher wir unsere Namen haben? Woher stammt wohl die Kiste mit den Dingen, die wir an unsere Ketten hängen und von denen wir unsere Namen erhalten? Warum sprechen wir wohl dieselbe Sprache wie sie und können ihre Schrift lesen?

Nun, weil Menschen uns diese Werkzeuge gezeigt und erklärt haben. Weil sie uns Schrauben und Nägel und viele andere Dinge nähergebracht haben. Und weil sie uns gezeigt haben, wie sie lesen und schreiben."

„Was ist geschehen?", erkundigte sich der Vater. „Was hat die Freundschaft zerstört?"

„Großmutter sagte, dass die HelleWecKs Probleme damit hatten, wie der Mensch sich entwickelte. Immer weiter weg von der Natur, immer mehr hin zu Maschinen und Großstädten."

„Und das hat uns auseinandergebracht?", fragte der Meister.

„Ja." Schräubchen zwinkerte ihm und den Menschen zu. „Aber das hat jetzt wohl ein Ende, oder?"

„Ganz bestimmt", antworteten der Meister und der Vater wie aus einem Munde.

„Aber sag mal", hakte der Meister nach. „Warum hast du uns das alles nicht schon viel früher erzählt?"

Schräubchen hob zu einer Antwort an, doch dann zuckte sie die Schultern. „War wohl nie die richtige Zeit dafür, zum Hammer noch mal", lachte sie. Dann wandte sie sich ihrem Bruder zu und drückte ihn fest an sich.

Dieses Abenteuer hatte ein wunderbares Ende gefunden. Alles war so – aufregend gewesen, wie Schräubchen sich ein Abenteuer nur hätte wünschen können. Doch sie wusste nicht, dass noch gar nicht alles beendet war.

Denn ein halbes Jahr später ...

Ein halbes Jahr später kam es zu einer außergewöhnlichen Veranstaltung. Doch kaum einer der anwesenden Menschen bemerkte das Ungewöhnliche dieses Abends.

Auf der Bühne eines riesigen Festsaales stand der Vater von Leon und Lena. In seiner Hand hielt er eine goldene Statue und über sein Gesicht zog sich ein fröhliches Lächeln.

Jedes Jahr gab es eine solche Preisverleihung. Einmal im Jahr wurden Erfinder für eine besondere Idee oder Technik geehrt, mit der das Bauen erleichtert und verbessert wurde.

In diesem Jahr hatte der Vater diese Auszeichnung erhalten für eine Methode, mit der man Holzelemente besser miteinander verbinden kann.

In diesem Jahr – ohne dass es jemand ahnte – war es die außergewöhnlichste Preisverleihung, die es je in diesem Saal gegeben hatte. Denn im ganzen Saal hatten sich etwa zweihundert HelleWecKs versteckt, die, unbemerkt und ungesehen, stolz den Verlauf der Preisverleihung beobachteten. Natürlich waren einige der menschlichen Gäste erstaunt, wie viele Löwenzahnblüten in den Blumendekorationen steckten, doch sie machten sich keine weiteren Gedanken darüber. Wer interessiert sich schon für Löwenzahn?

Den HelleWecKs, die in den Blumengebinden steckten und sich wieder einmal geschickt getarnt hatten, fiel es wirklich schwer, nicht laut in die Hände zu klatschen, als der Vater auf die Bühne ging, um seinen Preis entgegenzunehmen. Doch sie konnten es nicht riskieren, von den vielen Menschen bemerkt zu werden. Wie hätten sich die Gäste im Saal gewundert, wenn sie plötzlich zweihundert HelleWecKs entdeckt hätten!

Und wie sehr hätten sie sich wohl gewundert, wenn sie gesehen hätten, wie am Abend dieses Tages der Vater mit seinem Preis in der Hand in den Wald gegangen und Stunden später singend und pfeifend – ohne Preis – wieder herausgekommen war?

Niemand hätte sich das erklären können. Niemand außer dem Vater, der wusste, wem er seinen Preis zu verdanken hatte; niemand außer seiner Familie, die ebenfalls von seinem Geheimnis wusste, und niemand außer zweihundert HelleWecKs, die stolz darauf waren, ihren Menschenfreunden solch einen Gefallen getan zu haben.

Und niemand außer dir, lieber Leser, denn du kennst das Geheimnis doch auch, oder?

Unterrichtsmaterial zu diesem Buch kann bei der
HWK Koblenz bestellt werden und ist auch im
Buchhandel und beim Verlag erhältlich:

Literaturwerkstatt zu: Sind die Hellewecks noch zu retten?

Unterrichtsmaterial für das 3. und 4. Schuljahr
ISBN-13: 978-3-935265-82-9
ISBN-10: 3-935265-82-4
Herausgeber: HWK Koblenz
Pappschnellhefter mit CD-ROM,
16,50 € (D + A), SFR 31,50